Singalio Rou' Se lef

シンガリオ　ロウ　ザ　リーフ

篠崎 彩人
Ayato Sinosaki

文芸社

Contents

Singalio Rou' Se lef

第三章　祈りの聖夜に――53

最終章　雪降る野原に、愛を繋いで ―― 71

第一章

枯葉の愛

第一幕

白昼霧

深い純白の霧が、あたり一面を包み込んでいる。霧と霧の隙間からは、あたりの白さとは対照的な赤茶色の荒野、それが点々と見える。見れば見るほど、その生命感とは無縁の荒野は私の渇きを増幅させる。水が……欲しい。そう呟くこともしなくなって幾日が過ぎたのだろう。そんな無用な事柄を覚えて置くほど、私の記憶は便利にはできていない。

だがしかし、心の渇きに悶絶することはない。何故なら私の傍らにはいつも、今は私におぶさられ、可愛い寝息を立てて眠る小さな天使がいてくれるからだ。いつまた手に入るとも知れぬ、いつまた尽きるとも知れぬ水、食料はこの子、アイカに最優先で与えることにしている。それは、この子を命に代えても守り抜きたい、という使命感に突き動かされてのみしているのではなく、この天使の笑顔こそ、私を癒してくれるからだ。この天使がいてくれたからこそ、私は生き抜いてこれたのだ。

気づけば、出る汗という汗は、すべて出し尽くしてしまったようだ。とても血が通っているとは思えない私の腕は、まさに骨と皮しかないようにしか見えない。額にも胸にも足にも、口内にすら水分らしきものが感じられない。だが頭の機能はある。心持ちもしっかりしている。まだ、まだ、歩ける。呪文のように何度も繰り返しながら、私はひたすら歩み続けた。

第二幕

宵闇の灯火

夜。静寂が、暗闇が、あたりを包み込んでいる。焚き火の灯が心許ない。その中で私は、闇への虞を忘れるほどに、少し大き過ぎる鳥肉の塊と悪戦苦闘するアイカを見つめていた。

「僕は要らないよ、アイカ。気持ちは嬉しいけどね」

「ダメっ。だってグリィ、いつもアイカにばっかりお肉くれるんだもんっ。今日はグリィとふたりで食べるのっ」

今日の狩りでは上首尾に鳥肉を手に入れたのだが、依怙地にもアイカは鳥肉を二人で食べたいようで、先ほどから二人分に捌こうと躍起になっている。

「なあ、僕は本当に要らないよ。アイカの優しさで、お腹一杯になったからさ」

「ダメそんなのっ。グリィ、お肉もちゃんと食べなきゃ、げんきになれないんだよっ？」

この子の頑なさには、常日頃から閉口させられている。しかし、だからといってこの要求をおいそれと受け入れる訳にもいかない。ここでアイカの思うままにさせて、後々ひもじい思いをされては本末転倒だ。今宵もまた、常からのように誑し込む術が必要とされるようだ。

「でもねアイカ。とりさんはそのお肉をアイカにあげたいって言ってたぞ。それを僕に分けちゃ、とりさんに悪いんじゃないのかい？」

アイカには、動物は肉をくれるのだ、そのように理解させている。そこから自然と疑問が犇《ひし》めき出すまでの良策を、これと判別したからだ。

「そーなのーっ？　ふーん……。でも、今はもうアイカのものなんでしょーっ？」

「え？　そうだけどさ、でもとりさんの好意は大事にした方が……」

「いいのーっ。アイカにはグリィがいるんだから、いいのっ。とりさんフっちゃうのっ。それに、グリィ、アイカの王子様なんだから、しっかりげんきにアイカのこと守ってくれなきゃヤダもんっ」

ハハ……、王子様か。当然ながら、私にそんな御大層な身分はないが、当たらずとも遠からずとは言っておくべきか。私にはこの子を保護保育する責務がある。そしてまた、私は王族の血統を引き継いでもいるのだ。

「でも、アイカ姫がしっかりお食事して下さらなかったら、僕も王子として悲しいんだけどなあ？」

「んー、そっかあ。じゃあ……。いーよっ。王子様のゆーとーりにしてあげるっ」

ふう……。やっと、私がこれこそ要るとして頼んでいた物は聞き入れられたようだ。姫、王子を言葉に折り込めば、お姫様は大抵素直になってくれる。いくらか卑怯なせいではあるが、今という場合では、多少はそれも許されよう。それが結局、アイカの利延いては私の利ともなるのだから。ただ、アイカのわがままに対峙する上で格別のこの解決策が、いつまで通用してくれるかが、些《いささ》か気懸かりだ。

「ねえねっ？　アイカえらいっ？　えらいっ？」

「えらいよ。いい子だ。それでこそ、僕のアイカ姫様だな」

「エヘへ……」

「では姫様。私にそのお肉を渡して下さいますか？」

「うんっ！」

そして私が、アイカの手に因り美術作品とまで昇華された彼の鳥肉を受け取ろうとした途端、私とアイカの空腹の虫が、その作品のほどを評定した。アイカも私も笑った。もっとも、喉が渇き切っていた私の笑いは、もはやそれと呼ぶにはおこがましく、訝《いぶか》しいものだったが。焚火の灯に照らされて、そんな私とは対照的に、無邪気に笑うアイカの笑顔も、艶やかな鳥肉も、私には一際輝いて見えた。

第三幕　願い

結局、アイカの食べ切れなかった鳥肉で久し振りの食事ができた。そしてその後、いつものように歌を歌って、話を聞かせて、やっとおしゃまなお姫様を寝つかせた。あとは私が寝るだけだ。

アイカと一緒に布団代わりの私の白マントにくるまって寝そべりながら、見る物もない上のほうを眺める。そこは霧に覆われたただただ暗闇が広がるばかりだが、この霧の向こうには、果たして何があるのだろうか……。

この世界は、少なくとも記憶に留め残している内では、私の経てきた空間は、その全てが霧に覆われていた。出会った人間は恐らく、アイカと私の保育者のみだろう。私にそれなりの教養があること。うろ覚えながらそれと思しき人物が、私の記憶の片隅にあることから、保育者がある時期に私の傍にいたということは窺い知れる。

扶養への感謝こそすれ彼を心の頼みとはしていない。記憶の中に、それもまた虚ろな印象しか持たぬ人物だ、寄り縋ることはできまい。私が寄る辺としているのは唯一アイカだけだ。私の時空を人の人たる生き方があるものとして強く印象付けているものは、まずこの子を措いて他にはなかろう。

一生の星霜をこの子を守るのに捧げるのもまた一つ人道かもしれないが、それを敢えて放棄してまで私は自分の信じた道を歩もうと意を固めた。この霧を晴らそう。それが私の、苦悩を重ね、信じるに至った人道だ。それは、もう戻らない時を作ってしまうのかもしれない。しかしそれが人生だ。私はこの霧を晴らす。私の存在する意味を、この両の目に焼き付けるために。美しく眩い壮大な希望を、アイカの未来とするために。そして僕は、君の喜ぶ顔が見たいから……。この声が枯れてアイカと話ができなくなろうとも、この耳がアイカの歌声を聴けなくなろうとも、この喉が潰れるその時まで、僕は歩き続けて行こう。そしていつの日か、この霧を晴らすことができたなら……。

アンニュイが、希望に打ち消されて行く。さらなる追撃のため、無意識にアイカの寝顔を見る。暗さ故《ゆえ》にはっきりとは見えないが、すうすうと小さく寝息を立てて眠るアイカの平和な寝顔は、こんな荒んだ世界には相応しくない気がする。いや、混沌の内にこそ、天使はいてくれるのか。私は、この子という存在への感謝と愛おしさから思わず、綺麗な髪の流れるアイカの小さな頭を、起こしてしまわないように軽く弄った。私は、この子だけは、アイカだけは、私が、世界がどうなろうとも、幸せになって欲しいと心から願った。そう、そしていつの日か、この霧を晴らすことができたなら……。

第四幕　輝く瞳

翌日、私の目覚めは朝の煌きに迎えられた。霧を抜けて降り来る淡い光のヴェールが、それを物語っている。惰眠を貪らずに済んだ微かな喜びが、私の心を潤してくれる。

昨日傍らで安眠していたアイカの方を見ると、何故《なぜ》か、その姿はなくなっていた。目覚めた時に、それを迎えるべきであった私の怠慢への報復とでもいうのだろうか。願わくば、朝ばかりは爽快でありたいものだ。

だが白色の支配する霧中にただ一ヵ所黒霧が現れ、すぐ様に、私の憂さは白けたのだった。

「あーっ、グリィ、起きちゃったーっ」

私の杞憂も知らぬ風に、開口一番に斯うと切り出された。幾分かは、此方の気配りも心に留めていて欲しいものだ。

「こら、何処《どこ》に行ってたんだ。心配したんだぞ」

アイカは私と世界という現実から目を背けて、

「いんですよーだっ。紳士さんのお誘いをお受けするのはレディーの礼儀ですーっ」

と自らの独立独行を正当化する。だがそれは許されない。この霧の中で分け隔てられるのは、本当に危険なのだ。今回はアイカが無事戻って来てくれたのだから、結果としては事なきを得た。しかし、もしアイカが私の居所を見つけ出せず、私を捜して彷徨うというような事態に陥れば、アイカと私は、もはや二度と出会うことがないほどに分け隔てられてしまうことも起こり得るのだ。ただの、小さな戯れさえ死に直結し得るという呪われた現実を、概言して戒めなくてはならない。

「それじゃ駄目なんだよ、アイカ。何かがいたからってついて行ったりしないで、ちゃんと僕に教えなさい。……えっ、何だって？」

「紳士さんっ！　ほら見て見てっ！」

彼女は嬉々として、纏《まと》っている黒い衣服に乗せた一匹の虫を見せた。我々に、神の瞳の輝きたる光を齎す存在、伝承上の尊大な神住まう星、太陽を思わせる、幾つかの橙色の斑点を持つ体、その小さな身体には似つかわしくない不釣合いな巨大な顎を持つ、我々にとって極々ありふれた虫だ。食すにはあまりにも矮小なその肉体は希望の依代《よりしろ》足り得ないが、この虫がいるという事実はすなわち、海洋という希望に至る存在と直結する物だ。そして、今までの旅の進路も、この地点をもって終了ということになろうか。

彼女が彼らを「紳士さん」と呼ぶには少々訳がある。彼らは海辺界隈に息づく生物であり、我々が海洋の傍に寄ると、いつでも彼らの姿を見受ける。それがアイカには出迎えているように思えるらしく、その事実をもってアイカは彼らを「紳士さん」と信じ切っている、という訳だ。彼女の海好きも手伝って、彼女の大好きな生き物の一つになっている。因みに一番好きな生き物は「グリィ」らしい。

ついていく気持ちはわからなくもない。だが、私の見ていない所でそうされる訳にはいかない。説教の終結には甚《はなは》だ不十分だ。早速それに掛かろうとすると、即座にアイカが口を開いた。

「へへへ……紳士さんったら礼儀正しいよっ？　ほらほらっ」

話をすぐに逸らそうとする、彼女の悪い性癖だ。しかし、彼女はその故の他、生き物という子供の至高の玩具を手に入れた喜びが一入であるに相違なく、それ故からに、私に同意を求める向きもあるのだろう。ここで、彼女の話の腰を折ることを望まない。私は取りあえず、話に同調することにした。

「うん、かわいいね」

「……」

何故かしら、彼女の機嫌を損ねてしまった。思い当たる節はと思い、ただいまの言動を振り返るが、いまいちその節は見当たらない。だが、その解答は容易に得られた。

「アイカのほうがかわいいのに……」

「あ、ああ、そうだよね」

そして、彼女は恐るべき謀の全容を吐露した。

「せっかく、紳士さんが噛みついてグリィ起こしてくれるんだったのに……ねぇっ？」

ああ、なんて危険な子供なんだ。子供ほど残酷な生き物はない、身に刻むべきアフォリズムだ。躾《しつけ》をしっかりつけないと、非情の悪女と化す恐れもある。しかし、海があるならば様々なことで困憊を洗い流して、それこそ海にたゆたうが如き時が過せる。そうした平和を慈しむ幾日間も考えられよう。

希望に胸の膨らんだ私は、奇人宜しく瞳を輝かせながら、アイカに訓垂れることとなってしまった。合わせ鏡であるかのように、煌くアイカの笑顔が私に、この子に今通じているのは説教ではなく、私の顔の内容だけだということを教えてくれた。

第五幕

黄昏に抱かれて

ひどいものだ。これを神の気紛れと言わずして何と言い表すことができよう。いやそれでは済まされない。神は人では無し。人は定められた運命には抗えぬというのか。こんな苦しみの中を生きることを人に強いるというのか。もはや、神を頼みとはできない。自分の力だけで生きてみせる。そう、そしてアイカさえいれば……と思って前を見る。そこには、まるで幸せが躍っているかのような、両手に魚の全形を留めた骨を持ってくるくると舞い躍る、夕日に染まった少女がいた。魚が、彼女が食べる分の二匹しか捕らえられなかった不運。

私たちは今、浜辺に沿って旅を続けている。腫れ上がった顔に、潮風が染みる。説教が全く通じないため体罰に及ぼうとしたのだが、アイカにお手持ちの虫で襲われて転んでしまって、その隙に馬乗りされて顔をポカスカと殴られてしまった不運。

夕日があるであろう海のほうを見る。霧も海も、夕日に染まっている。魚が、海に犇めくようにして、悠々と我が物顔に泳いでいるに違いない。しかし、もはや体力も、腕の疲労具合も限界にまで陥ったただ今をもっては、彼らに対しいかなる捕獲手段も講じ得ない不運。心ばかりが、やるせなさで一杯に溢れている。

再びアイカを見る。満足げな笑顔が妬ましくなってきた。

私は、それまで特に意味もなく手にしていた壊れた釣り竿を握り締めると、夕日の方へと向き直り、一気に駆け出した。そして、姿の見えない夕日に向かって壊れた釣り竿を投げつけた。

私は心の中で、様々なものと訣別していた。涙が、潮影に飲まれていった。

第六幕

奇人を哀れむ歌

「……イ、グ……」

……？

「グリ……、グ……ィ」

何だ？　誰かが私を呼んでいる。

「グリィ、グリィ！　私たちは仲間だよ、家族だよ、忘れちゃったの？」

誰……だ……アイカ？

はっ。私はふとした心の緩みからアイカを妬み、勝手に訣別してしまったのだ。こんなことではいけない。ここからも、この程度のことはたくさんあるだろうというのに。情けない。こんなことで大丈夫なのだろうか。

そう、私たちは家族だ。シンガルの民だ。二人で、いつでもどこでも、どんなことがあっても、助け合って生きよう、笑いながら歌いながら生きていこうと心に決めたのだ。それが我々、シンガルの民の基本理念なのだ。シンガルというのは、私たち、つまり私とアイカだけの言葉だ。スペリングはSINGAL。その心は、「事あるごとに、全てを歌う」つまり、シンガルの民の基本理念を反映させたものだ。SING部分にSING（歌う）THING（事）、AL部分にALL（全て）の意味を込めている。そしてシンガルの民とは、私とアイカだけの、小さく慎ましやかな民族。そして明るく楽しい民族だ。

私が二人だけでいることの孤独から霧を晴らそうとしているのかといえば、そうではない。一緒にいる人数こそ寡少だが、この世界だからこそ築ける真の絆というものがあるはずだ。それ以前に、寂しさに共にいられる人数は関係ない。結局、状況がどうあれ「寂しき者」とは、他を出抜いてでも生きていこう、おいしい目に会おうという自己中心者だろう。

だからといってこの状況に満足はしていない。前にも言ったように、いつの日か、この霧を晴らしてみせる。そう、私がこの霧を……。

そう思うと同時に、私の周りに突然に光景が戻った。私は釣り竿を投げ込んだ時の位置のまま、海に立っている。太陽が沈んで青みがかった霧と海が、私の眼前に広がっている。もう夜になったのだ。海が鮮やかな銀色で波打っている。つまり、失神していたということか？　もしそうであれば、相当に長い間、気を失っていたことになる。

「かわいそうなグリィ……」

声のした方を見てみると、私の服を摑んだアイカがいた。奇人を哀れむような瞳が痛い……。

「こんなにかみつかれてしまって……」

とアイカは言って、今度は私の足を見る。釣られて私もその方を見る。

「え？」

そこには、十数匹の虫に嚙みつかれた、私の足があった。

第七幕

黒い嵐

「いたっ！　も、もう少し優しくやってよ……」

「ダメです！　グリィさんのじょうちょは、今タイヘンふあんていなんです。じっとしてなさい。また、おいしいおくすりをぬってあげますから……はい紳士さんおくすり」

何故虫が薬を運んでいるのか、そんな不可解なことに回答はできないが、ただ今わかっているのは、今私は、アイカに傷の手当をしてもらっている、ということだ。いや、塗られている、といった方が正解か。というのも、アイカは私が変人だから薬をつけさせろと言って聞かなかったのだ。

「はいありがと……うーん、あまくておいしー。じゃあグリィさん、今たーっぷり、おくすりをぬってあげますからねー」

アイカの指先には、異常な量の薬が塗りたくられている。かれを一度に塗られた時の痛みを考えただけでも、背筋が寒くなってくる。

「もう少し減らしてくれた方が、嬉しいんだけどなあ……」

「もうへんじんはうるさいったら！　はい紳士さんかみついて」


「いたたたたっ！」

もう、全ての気力が一気に萎えてしまった感じだ。こうして時折、変人はアイカのお仕置きを受けて、黙らせられてしまう。その上、この時挟まれるのは傷口なのだ。ここを注意しようとしても発声は何もかも、変人がまた発狂していると取られてしまう。ここでは、傷は一向に治らない。足が痛くて逃げることもできないので、とにかく、何一つ対抗の術はない。以前から考えていたのだが、私はアイカにこうして治療をしてもらっている時が、生涯で一番危険な瞬間であるような気がする。ひょっとして命を落とすことがあるとすればそれは、今のようにアイカのおもちゃとしてなのかもしれない。悪魔のような天使、いや天使のような悪魔か。

「はーい、おくすりですよー」

夜の闇に、私の悲鳴が轟く。薬がまた酷《ひど》く傷口に染みるのだ。量のこともあるが、傷の深さにもその一因がある。気絶していた合間にそれこそ無数の虫が噛んでつくった傷らしく、その損傷は相当に激しい。情けないことに歩けなくなってしまったので、私の足の治療も兼ねて近くの岩場で夜を越すことにした。そこでアイカの治療を受けているという訳なのだが、アイカは妙に楽しげなのが始末が悪い。最初は確かに哀れむように労わるようにやってくれていたのだが、段々と面白さが先行してしまったのだろう。

「あ、もうおくすりなくなっちゃった。じゃあ、治療はおしまいです。静かにしていて下さいね」

やっと、嵐は過ぎ去ったらしい。気になって足の方を見る。

「えっ？」

この少量は、一体どうゆうことなのだろう。足には、何がついているのか皆目見当がつかない。というよりも、以前と何も変わっていない気がする。つまり薬は、この子のおなかの中に、流れ込んでいってしまったということか。その性格が、その薬で治療されてくれることを切に願う。今日はもう疲れてしまった。私は、いつしか眠りの泥沼に飲み込まれていった。

第八幕

傷と絆と

しばしの間、微睡《まどろ》んでいたか、気絶していたようだ。あたりから聞こえてくる音は、ただ波が浜辺に打ち寄せてくる音ばかりだ。実に妙な静寂だ。周りにアイカがいれば、こうであるはずはないのだ。

起き上がってみて私は足の負傷のことを思い出した。酷い痛みだ。やはり、何も先ほどから変わりはないようだ。そして先ほどアイカが治療をしてくれていた所には、アイカの姿はなかった。全く、彼女には説教というものが効かないのだろうか。体罰までも意味を成さないとすれば次には一体どんな手があるだろう。だがとにかく、今はアイカを捜すよりほかない。私は、足の痛みの耐え難きに耐え、その場を離れることにした。

足の痛みに耐えつつも、しばらく歩き続けて来た。気づけば、あの忌々しい浜辺に来ていた。今日の憂き目は、全てはここから始まっているのだ。

こんな足の状態で活動するのももう限界だ。私は、その場に腰を下ろした。

乱れた、獣のような荒げた息で呼吸して肩を上下させながら、白みがかった黒い天を仰ぐ。何故私がこんな目に遭わねばならないのか。本当に今日は災難続きだ。これで、もしもアイカが見つからないなんてことがあれば……いや、そんなことを考えてどうするというのだ。そんなはずはない。私の悪い傾向として、状況に不安を覚えるとすぐに気落ちしてしまうところがある。そんなことでは、状況は悪化の一途を辿るばかりだ。落ち込んでいる暇があれば、一刻も早くアイカを捜した方が良い。アイカを捜さなければ、アイカに会えないのだから。当たり前のことだが、ともかくはその考えは、私の体を再び立ち上がらせる一助にはなったようだ。が、しかし。立ち上がった途端、アイカにのみ向けられていた私の意識は、目の前に佇むある一つの愛くるしい生き物へと集中していった。神よ……。悲しみに軋む私の心が、悦びで満ち満ちていくのがわかった。

第九幕

欲情の渦

暗き夜に降り注ぐ微量の光をその一身に集め打ち放つ、燃え盛る紅蓮の赤き炎のような体が、そのものの生命力を表しているかのように思える。激しくその存在を自己主張する姿は、獣に我を食えと訴えかけてきているようにしか見えない。もはや飢えた獣の世界は、己とその赤い灯火を包含するのみになっていた。愛すべき者も、彼を苦悶させていた後肢の痛みも、彼の心中にはない。野獣は何を省みることもなく、獲物との空間を削り取っていく。そうそれはまるで、煮えたぎる欲情の証で満たされた彼の口内という竊の中で、彼の目の前にある空間が蒸発し白い吐息となって吐き出されている、そんな印象であった。

そして彼が獲物との間にあったはずの空間を全て飲み尽くし、いまだかつて知り得たはずのない絶望、驚愕に微動をも封ぜられ風前の灯となったその生き物を、彼が愛おしげに覗き込みそして、ついには飲み込みいざ嚙み砕かんとしたその刹那、彼は、自ら犯した、罪の重さに、頭を鋼鉄の塊で思い切り殴打されたような気がした。

「ぐりい……どうして……」

第十幕

純粋な痛みと想い

その姿は宵闇にあまりに自然に溶け込んでいたので、私は、そこにあるのはただ虫ばかりだと考えていた。いや、それは関係ない。私には、その虫がアイカの宝物であるという認識がしっかりあったはずだから。その事実を淘汰した。私の頭は、人との絆よりも、生物としての生存にこそ、重きを置いてしまったのだ。

今してしまったこと。もう二度と、取り返しのつかない、一生拭い去ることのできない物。罪。いやその程度ではない。冒涜。いうなればそれだ。アイカという神聖を冒した。アイカの気持ちを、私は薄汚い手で足で、抉れるほどの傷をつけ、無遠慮に潰れるほどに蹂躙した。推し量ることなど、到底及ばない悔しさと悲しみ。最愛の人に裏切られ、気持ちを踏み躙られ、想いは、打ち砕かれ……。

息もできない、とはこの状況をいうのだろうか。ただ、愕然として恐怖に、絶望に、痛みに打ち震えるアイカ。かつて、虫を手にしていた可憐な花のような掌は、醜く、血に肉に汚濁した、おぞましい獣の唇に接吻されている。本能が吹き出す、生温く、纏わりつくような陵辱の吐息は、彼女の、その小さな花を少しずつ、少しずつ萎れさせていく。

抱き締めたい。瞬時に思いは込み上げてきた。だがこの汚れ切った不浄の肉体では、許されない。誰よりも、私自身が許さない。

私の中で、激情が私に牙を剝いて渦巻いている。それは、悲愴を極めた絶望だった。汚辱にまみれた己への怨念だった。手中の希望を殺ぎ落とされた者の狂気であった。だがそれは何より、自らの手で希望を投げ捨てた愚者の悲嘆であった。

口先から血が滴る。だがそれは、彼の血か、それとも私の血か。わかりはしない。欲情の証。

血痕はアイカの黒いしかし無垢で綺麗なドレスに、また一つ、また一つと静かに刻まれていく。もはや、私は人ではないのだ、と緩りと実感が込み上げてきた。

唐突に、私の肌に触れる物があった。顔を上げる。私の頬に、優しく、アイカの手が触れている。小刻みに震えてはいるが、それでも、私をできる限り優しく包み込もうとしているのがわかる。何か、声にならない声が、彼女の喉で空回りしている。時間は意味を持たない。彼女の言葉が出てくるのを、私は待たねばならなかった。

永遠を越えて出てきたかのような声が、私の耳には懐かしかった。人として、私が存在することを祝福してくれている、聖母の歌声に思えた。

判断を司る私の何らかが、その時正常であったのかどうかは知れない。ただ、心地良い、私をいまだ受け入れてくれていることを知らせてくれる彼の旋律による身も震えるような喜びの中で、私の意識に流れ込んできた情報としての声は、記憶に従う限りは以下の通りだった。

私のことを、虫に話していたこと。私が、今日自分に対して優しくないと思っていたこと。それは、私に辛いことがあるからだ、と思ったこと。もっと優しくしてあげよう、と思っていたこと。それは私のことを、誰よりも愛しているからだということ……。

そこから先に記憶がない。ただ、誓ったことがある。この子を二度と傷つけるまい。そして、どんなに自分に絶望しても、この子のために、死ぬまいと……。

終幕

悲しみは海の彼方に

もう、浜辺には誰もいない。また、私とアイカの二人きりだ。以前はそれでも良かったはずだった。でも今のこの寂しさは……。

アイカ。ひとりぼっちの微睡みの中で、彼女は今どんな夢を見ているのだろう……。昨日の楽しかったひとときに、心躍らせているのだろうか……。裏切られる悲しみも夢想だにせず、ただあの時の安らぎに心寄せていたはずのこの子。それは、彼女にとって、知るべきではない心地よさだった。その心地よさに酔ってしまえば、それを削がれた時の痛みもまた、大きな物となってしまう。その痛みに、この子は、果たして耐えられるほど強い子なのだろうか……。

私がいればいい？　いやそれは違う。この状況で、この子に信じたものの崩壊を体験させるのは、回避されるべきことだった。だがもういまさら、どうすることもできない。ただ、祈ることはできる。それはとても小さなことだけれど、今私ができる最大のことだ。だから、お願いです。貴方がくれたこの世でたった一つの、私の小さな太陽が、その可憐な心を凍えさせて、輝きを失ってしまうことのないようにして下さい……。揺るぎない、一つの灯火を、私に与えておいて下さい……。

そして、彼女が目覚めたら、何よりすばらしい食べ物を食べさせて、何よりすばらしい歌を聞かせてやろう。そう、夢の続きを、この子に見せてあげるんだ。だから、今ここで僕は、立ち止まっていちゃいけない。歩いて、歩いて、歩き続けなくっちゃ……。

できる限りの優しさのつもりで、アイカを抱きかかえる。依然として白濁した霧は、そして、私を現実へといざなうのだった……。

The End of Singalio Rou' Se lef Episode 1

第二章

褸褸たる日

第一幕

不愉快な遺物

それは、夢だったのか、幻だったのか……。それらのどちらに因るのかしれないが、そのある凄惨な風景から現実へと意識を戻した時、私は嘔吐を催すような悪寒と、激しい動悸、溢れ出す汗との中にあった。さんざめく木々の葉の音が、いつになく不気味に感じられる。その音はまるで、私の見ていた光景の続きのように聞こえる。それは、死に逝く者の、命に縋ろうとする思いを、洗い流している音に、等しく感じられるのだ。

その光景は、神の記憶か、あるいは私の遠い祖先の記憶かというように相応しいものだった。ただ、それを懐かしむ、それに郷愁を覚えるといった類の物ではない。あるのはただ、絶望。血塗られたと形容するに最も相応しい、おぞましいものだ。

彼らは今まさに滅びゆこうとする愚者たちだった。互いにいがみ合い、罵り合い……。ついには、彼らは、その心を憎しみの炎に燃やし、互いに折り重なるようにして燃え上がり、朽ちていった……。憎しみ、奪い合い殺し合うことが、何も生みはしないということを、彼らも私も悟った。だが、彼らにはもう、それ以上の未来は与えられなかった。神は、彼らへ向けた眼《まな》差《ざ》しを、完全に閉ざし、眠りついてしまったのだ……。

そして今、私たちが生きているのは、その破滅過ぎて後の名残とでもいうかのような、静かで何もない時間と空間。そして、この愚かな悲劇を見た前後からは、私たちの視界からは光すらも、その姿を消してしまった。光のない世界。それがどんなものだか想像がつくだろうか。それは〝夜〟じゃない。純然たる〝闇〟の世界なのだ。何も、何一つ、物は見えない。アイカが今どんな姿なのかも知らない。火も、奪われてしまった。今の世界では、それが生じないのだ。私たちが今森の木々の中で、ふたりでなんとか生き抜いているということのほか、何もわからないのだ。

アイカは、ただ静かに眠っている。こんなか弱い少女が、なぜこんな目に遭わねばならないのか。そのやわな心で、今どんなことを夢見ているのだろうか……。今はただ、普通の幸せが欲しい……。

第二幕

神なき世界

そんな日々の中で、私とアイカの心の支えはやはりお互いの温もりと歌声だった。遠い日の私と彼女との思い出だった。しかし、そればかりを懐古していれば精神の健康が保てるというほど、現実は生易しいものではない。

次第次第に、アイカの精神が薄弱していくのを感じる。私とてそれに違いないが、ただ彼女に於いてはより一層深刻なようだ。精神の他にも、その不調に起因して肉体の疲労もまた増長している。睡眠も、今まではらしくは旨く取れない。光と闇とが入れ替わり立ち替わりしてくれないのでは、精神がえも言われぬ不安に襲われる。食料らしき物も、近頃に於いては何一つ取れていない。ただ一つ、アイカにだけは、こうした苦悶は味わせまい、特として不自由なく、元気快活に生きていてもらえればと、いつでも願っていたというのに……。

歌を歌うにも、肉体がいうことを聞かない。歌を歌わなければ、精神が衰弱していく。この板挟みの中で、藁にも縋る思いで、二人はお互いに依存し合いながら、ぎりぎりの命を保ち続けている。我々のここから後の行く末に、幸多からん未来の光がいまだ遺されていることを、強く所望し祈り込むばかりだ。

第三幕

虚像の楽園

今、以前なら夜に当たる時刻なのか、それとも、昼に当たる時刻なのか。いや実際にはあれはこの世界からの精神的逃避の中に産まれた幻想の楽園、私の、天国であったかもしれない。今となっては、いや何にせよ、私の知り得る範疇ではない。思うことは、いずれが現実と名のつく物であろうと、いずれが夢と呼ばれる物であろうと、そこに明白な相違が存在するべくはなく、ただ、我の中にあるのかそれとも、神の手の内にあるのか、それだけの認識を持つことすら危うい、ということだ。我々に取ってはその事象について、どちらも等価値であるはずなのだから。

心の光を失う時が訪れるとするならばそれは恐らく、この虚像の、作り事の夢の世界を、すなわち自らの心の支えを、失ってしまう時なのだろう。肉体はその意味に於いて、自らであるとはいえない。ただ、付属しているに過ぎない代物だ。肉体を支えるのは、肉、水、空気、太陽光、そうした物理的な物だ。精神を支えるのは、夢。他人の、声の中に、他人の、温もりの中に、生まれてくる小さな、夢。たとえ他者とは数あれど、彼らがもたらす物とは、結局自分の中で一つの夢へと昇華されていく。それを貪り、事実上は孤独と対面して、神の手中を放浪せねばならぬ脆弱な生き物、それが人間というものだろう。

事ここに至って人間が避けて通れない物、それは、夢の喪失への漫然とした不安にほかなるまい。喪失への恐怖があるからこそ人はまた、喪失その物を望むこともあろう。最初から、望まずに生きる場合もあろう。だがそれでは、きっと辛い。私が今ここでアイカを手放そうものなら、私の生存自体、危うい物となるだろう。人が生きる上で重要なことは、ヒトを好きになる、ということ。それが自分のためであったとしても構わない。完全に他人のために、などというのは不可能だ。ヒトを好きになったら、とことん尽くすべきだ。大切にするべきだ。結果はどうあれ、そうした行為は、そうした気持ちは、絶対に、自分の宝物になっていくはずだから。

私とアイカとで、手を携えて、希望の光を心に守って、危ういこの世界を綱渡りして行こう。その先に、明るい未来が待っていようものなら、それは、言葉では言いようもないほどに、とても嬉しいことだと思うから。

第四幕

言葉の大きさ

アイカは眠りの中に、自らを置くことが多い。アイカの言葉を待たねばならぬのは、至極辛い。だがそれだけに、アイカの言葉は私にとって何より大きい。水や空気と並んで、私にとって掛替えのないものだ。ただ一言でいい。その言葉を聞けば、私の心は深く安まる。

吹き抜ける風が肌寒い。どうやら、闇が私たちを飲み込んでしまってから、徐々に気候が熱を失いつつあるようだ。故に、我々はお互いその姿を見ることもないが、衣服の着用を強要させられている。いや、その訳ではない。ただこの凍えるような冷気に耐えるためには、心内からしっかりと暖めねばならない。衣服は今や二人の過去を、人間であることの証明を繋ぐ絆となっている。こうした物に、微塵のような些細な物にも、縋っていたいのだ。

そして、依代としてふたつとない私の至高の希望が、今、暗闇という腕に抱かれて微睡んでいた意識を、明らかなまでに目覚めさせてくれた。

「ぐりい……起きてる?」

あの頃のような、溌剌《はつらつ》としてはちきれんばかりだった、躍るような、小鳥の囀るかのような、可憐で美しい、張りのある声は、今はもう聞けない。彼女の心の無垢さが、その声に心地良い響きを与えているのはわかるが、その声は、翼の折れた白鳥が、天を仰ぎ、痛みに耐え兼ねて、今はなき過去の幸せを懐かしんで啼いているかのようで、聞く度に、喜びなどよりも、嘆きと不憫さが募り、苦しみごと彼女を抱擁してやりたい気持ちに誘われる。

だがそれはこちらから求めるまでもなく、彼女は起きると決まって、私の片腕に、華奢で今にも折れてしまいそうな体を擦りつけてくる。そして涙が、私の腕を伝い、指先から零れ落ちようとする。それを逃すまいと私は拳を軽く丸める。もう、彼女の何も失いたくない。涙さえも、この体に溶け込ませてしまいたい。私は、悔しさとやるせなさとを綯《な》い交ぜにして、涙に濡れた片腕で、彼女を強く抱き締める。

「歌おう、アイカ……」

私に、ほかにしてやれることはない。私は肉体という壁を、心から憎んだ。その隔たりを少しでも縮めるには、言葉で壁を削り取る努力をせねばならない。そして、彼女にほんの少しでも、安らぎを感じてもらわねばならない。私のありったけの温もりを、少しでも感じ取ってもらいたい。

私の胸にしがみついて、涙で私の服にできた悲しみの湖に、深く打ち沈んでいるアイカ。私は、ただ一人で、歌を歌い始めた。私とアイカが一番好きだった歌を、二人の心に、一番強く響く歌を、私は、喉が枯れるまで、拳の涙が乾くまで、ひたすら歌い続けた。

第五幕

空虚の狭間を

また、アイカを寝静めることができた。喉が、焼けるように渇いてしまった。アイカがこうしてくれている時にしか、水分や食料を求めて歩くことはできない。私は、アイカを背に抱え、当て所もなく、命を繋ぐ物を求め歩き始めた。

手足がいつ、ぼろぼろと朽ち果ててもおかしくはない、そんな感覚を覚える。ただ、今それ等に痛みはない。アイカの重みが手に微々たる刺激を与えている。地べたを踏む感覚もまた微少にある。そうした物で、私は自分の肉体に手足があるという事実を知ることができる。

しかし、痛みという痛烈な感覚が消えてしまっているという訳ではない。視覚に頼ることができないので、始終あちらこちらの木々に激突することになる。その痛みは、少々耐え難い。だが私の体など、いくら傷つこうとも特に気に掛けはしない。ただ、それでアイカを起こすことになって欲しくない。アイカには、夢の中にいてもらいたい。

「ぐっ！……」

私の願いを掻き消すかのように、森は私に激突を、アイカに衝撃を与えることを強いる。

木々の擦れ合う音は、私をせせら笑う声に聞こえる。あれらは寄ってたかって、我々を虐げるつもりなのだろうか。

私の足下で、骨が勢い良く砕ける音がした。と同時に鋭い痛みも込み上げてきた。不意だった。私は悲しくなった。もう、これきり歩けなくなったのだ、このままこの場に倒れて命が尽きるのを待つよりほかなくなったのだと、私は思った。

嘔吐するほどの絶望と嘆きに、口内が苦々しさで支配されて行き、滝のように、今まで溜め込んでいた物が、どっと溢れ出した。声にもならないほどの、圧迫され過ぎた私の激情が、今こうして反吐と一緒に吐瀉されている、そんな風にも思えた。

第六幕

闇の翼

これを喰うのか？　これをまた体に戻さなければ、私は生きていけないのか？　私は決断を迫られていた。これを喰うということはすなわち、人の肉叢《ししむら》を喰らうに等しい。人として生きるのか、獣として生きるのか、それを決断させられようとしているのだ。

先ほど砕けた足は、今どんな形をしているのか、皆目見当もつかない。激痛は、先ほどから休むことなく続いている。それが、私の意識を十分な活動状態にしている。これがそうでなければ、虚ろな物であったなら、私は何を構うこともなくこれを再び我が身に納めることも可能なのかもしれない。

その時、私の背中を湿らす物があった。始めはあまりにも細微な一滴であったが、濡らす回数を重ねるたび、その規模は大きくなってきた。雨、だ。

なんということだ。これに降られるということが何を意味するか。これで体を濡らし切ってしまうようなことがあれば、恐らく私は一日と生存できまい。今まで、縷々《るる》として繋がってきたこの命ではあるが、それが強靱を意味するでもなく、この自然という驚異の前には、私など、それこそ微塵のような物に過ぎないのだろう。

喰おうか喰うまいか、そんな理性の判断の在処《ありか》など、私の頭にはなかった。雨であるという事実を確認するなり、私は足の痛みのことなど全く思うこともなく駆け出した。

ひどい空腹もあったにもかかわらず、私は驚くほどに俊速であった。絶対的に追い詰められた状況下においては、本能の錆びついた人間でも、それを呼び覚ますことができるということなのだろうか。木々に激突する回数が少ない気がするのも、それの働きに因って激突が自ずと回避されているからなのだろうか。

木々があるのは他方ではありがたい。体への降雨を大幅に減殺してくれるからだ。ただ、それが故、私が安らぎを得られるというのではない。この雨は折しも豪雨だ。いくら、森に身を潜めて、体を守ることができるとはいえ、これほどに激しいのでは結局事態は深刻だ。

雨が、反吐も涙も私の顔から洗い流していく。私の体を突き破り心臓を貫こうとする幾億の矢のようにすら思える。地表がそうであるように、私の体も、心も命も、私の何もかもが全て溶けてしまっているような、漆黒の海の中を駆けているような、言葉では成立しない世界に、私はいる。本能が、そうさせたのか、私は思わず両手を広げて、翼なき鳥となって、暗黒の空を駆け抜けた。刹那、その闇を飛んでいた私の朽ちかけた翼に、空が、光が、太陽が触れた気がした。

第七幕

血塗られた欺瞞

気づくと、私に触れる物は、ただ静かな岩肌だけになっていた。雨がすっかり上がってしまったのかとも思ったがどうやらそうではない。耳には、遠くの方でまだ雨が降り注いでいるのを教える音がある。とすれば、ここは一体何処なのか……。

立ち上がってその確認をしようと思ったが、重心がぐらりと揺らいであろうことか転んでしまい、顔面をきつく岩肌にぶつけてしまった。そういえば、私の足は、もはや正常には機能し得ないのだった。私はそれと同時に、先ほどまで私がしていたことを思い起こしていた。雨の中を、ただひたすら走り続けていたのだ。体の濡れ具合を手探りしてみるが、致命的というほど、その表面は濡れていない。どうやら、助かったようだ、我々は……。

アイカ？　私は、アイカを、ここに連れて来たか？　焦りと不安に、私は激しく焦燥した。

「アイカ！　アイカ！」

私はあたりをすぐに探し始めた。あの時の記憶は定かではない。私はひょっとして、彼女を抱えてここまで連れて来ていたかもしれない。そう、彼女は私におぶわれていて、そしてここまで……。

しかし、それはあり得ないことを悟った。なぜならば、私はあの時、両手を彼女から解放してしまっている。彼女を、その時点で落としたに違いない。なんということだろう。私に縋りついて、涙で顔を濡らしていたあの子を、他に頼るものもなく、必死で私に縋りついていたあの子を、無情にも、むざむざ死ぬためにあるような場所に叩きつけて放置したというのか。あれだけ、この子だけは守り抜こうと、心の中で何万回と唱えていたというのに、捨て置いて来てしまったというのか。

私は心の中で何百回と己を呪った。何百回と己を殺した。何故そんなことをした？　何故そんな愚かなことをした？　何故？　何故だ？　何故なんだ！

もう生きてはいけないことを覚悟で、雨の音のする方へと急いだ。いや、自殺をしに行ったというのが、より適切かもしれない。あの子なしでは生きていけない。生きていく価値もない。命を、その時、全て彼女に捧げた。

第八幕

甘く匂うもの

言葉の壁を越えるのは辛いことであるが、痛みという苦しみを越えるのもまた、辛いことだ。私はどれだけ走ったのか知れないが、足の具合は丁度今、最悪であるようだ。血の流出が止まったのはわかる。だが、足の痛みがあまりにも激しい。体内の神経が地表に直接触れているのではないかというほどの、いまだかつて体験したことのない激痛だ。

だが今は、こんなことに神経を奪われていてはいけない。アイカをどんな手段を講じてでも、見つけ出してそして抱き締めてやらなければならない。そのためなら、この足の一本ぐらいどうなったとしても構わない。今この場で獣たちに生きたまま、この足が喰われようとも、アイカのためであるならば一向に構わない。

しかし、見つけるための手掛かりという物が、本当に何一つない。私は、一体何処をどう駆けて、あの洞窟らしき所まで至ったのだろう。

私が、駆け続けながら流していたであろう流血の匂いを辿る、という術も一時は考えた。だがそんな物は今では無効だ。遙か昔に、雨が何事もなかったかのように洗い流してしまっているだろう。

降り頻る雨が、徐々に私の体温を奪っていく。意識の確かさも今はない。視界という物が存在しないので、目に見える物のぶれ等はないが、耳に聞こえる雨の音が、まるで心地良い川のせせらぎのような音に薄れてきている。足下も危うい。私は、もはや方向を定めて歩くことはできなくなっているようだ。

途端に私の体は、一本の木にぶつかり、容易にその場に倒れ込む。その拍子に、頭を地面に強く打ちつけてしまった。またしても、それもまた激痛であるはずなのだが私の体はもうその痛みを捉えることができない。子供の頃、何か温かい人に揺さぶられていた時のような、穏やかで静かな揺れを感じるだけだ。

「アイ……カ……」

そう呟いてみるがそれはもう言葉にはなっていなかったかもしれない。喉のかなりの部分が、渇きで機能しなくなっている。雨が、口を開ければ自ずとその中に入り込んでくる。そして喉に流れ込みそこに水が溜まって、口を開け発声をすることすらままならなくなってしまった。

ならばもう、あえて何もするまい。私は、アイカとの過去の楽しかった日々を、心の中で反芻していた。アイカの綺麗な歌声、アイカのかわいい笑顔、アイカの仕草、アイカが私におぶさられている時の、背中に掛かるアイカの寝息……。私は、彼女のおかげで素晴らしい時を過ごすことができた。だが私は、彼女を幸せにしてやることができたろうか。私の愛は、それに値するだけの幸せを、彼女に与えることができたのだろうか。

彼女は今、どうしているだろう……。私と同じように、天を仰いでただ死の訪れを待ち続けているのだろうか。それとも、そんなことは知らず、死の前の安らぎに、辛く傷ついてきた心を癒しているのだろうか。それとも、ひとりぼっちの恐怖の中で、いつまでも私を捜しているのだろうか。それとも、細々と、最後の命を燃やしながら、何処かで私が迎えに来るのを待っているのだろうか……。

しかしもう私は、君を迎えに行くことはできない。許してくれ。最後にこんな別れ方をしなければならなくなったことを、私の完全な過失から、こんな寂しい人生の終わり方をさせねばならないことを、どうか、許してくれ……。

私の意識は、感覚に支配され始めた。甘い快楽が、心も体も埋め尽くしていった。

終幕

赤

私は、世界の眩さに、改めてその意識を取り戻した。後頭部が酷く痛む。先ほど打ちつけてしまった時のものだろう。だがそれは私にとって嬉しい知らせ、生きていることの証だ。悪い気はしない。

雨もすっかり上がっている。つい今までの印象とは打って変わって、木々と、その葉の間を抜けて降りて来る木漏れ日とは実に爽やかで、何故かしら今まで考えることも気づくこともしていなかった、瑞々しい木々の香りと相俟って、私の目と鼻を楽しませてくれる。木の葉のさんざめきも今や、悪しき暗黒の空間を洗い流している音のように感じられる。人間の感覚とは、斯くも不安定で不思議な物なのかと改めて実感した。

しかし、そんな物に満足して良いような光景では、決してなかった。ふと地面を見渡すと、そこにはあまりに対照的な異形のものが広がっていた。赤。今までに見たどんな赤よりも、鮮烈で美しく安らいだ、赤。血の赤。いやそれともまた異なるものか。目に入るものが赤いのか、それとも目その物が、全てを赤だと捉えているのか。もしかすれば私は、自ら待ち望んだ、いや手に入れようとついそこまで手を伸ばしていた、快楽の園へと、足を踏み入れたのかもしれない。

あたりを、静けさと荘厳さとの織り成す私の周囲を見渡してみる。赤く揺れる空。法悦に身をよがらせているかのような木々。ここにあるものは私の自由。あらゆるしがらみから解き放たれた、何物からも束縛されない、幸せを約束された空間の直中に、私は存在しているかのようであった。

だが、私を許していた者は、どうやら、私だけであったようだ。

そう、何気ないあるただ一つの

〝生き物〟の行動は、

私の瞳を捉えて離さなかった。

私は、その生き物のあまりの変わりように、一瞬それが何であるかわからなかった。いや、わからないふりをした。だが、現実はそれを許さなかった。私の正面の、注意を捉えて離さない生き物は、紛れもなく、私の可愛いアイカだった。

私は何を思う間もなく、アイカの方へと駆け寄った。そして、両の腕でしっかりと抱いた。私の胸を、私の顔を、アイカは殴り傷つけてくる。だが、そんなことは、私にとってはなんでもない。むしろ、贖罪として、受けねばならない物だ。ただ、私はひたすら、懇願した。

The End of Singalio Rou' Se lef Episode 2

第三章

祈りの聖夜に

第一幕

広がりとその始まりに

ずっと遠くのその先までが、今では明らかなまでに見えるようになった。ずっと、小さい頃から願っていた、世界の広がりを、心の中だけでなく、この目で見てみたいという念願は、ついに叶ったのだ。だがこれが、私の望んだことなのか……？　確かに世界はとても広くて、見ていると自分という存在があまりに小さく思えて、少し怖くなってしまうほどだ。風も穏やかで心地よい。これだけでも多分に、今まで生き抜いて来られて良かったと満足しても良いはずなのだが、本心の方はそうは言っていない。なんだか、広い広い空の、淡く赤みがかったうす青色は、私の悲しい心の色が、そのまま現れ出たかのようだ。

そうはいっても、完全にその寂しい色が、全天を占めているというのではない。いつまでも白い、無機質で不変の雲が、まるで空の蓋であるかのように上空に君臨している。以前は霧と呼ばれていたそれは、今は空の彼方にのみ存在するだけとなったのだが、それはそれで手の届かない天高くから私たちを愚弄しているようで、いまだに好きにはなれない。

私たちというのはそう、私とアイカ、それにもう一人のことだ。そのもう一人については、今はまだ語るまい。というのも、私は彼が傍にいない時に彼について語ろう等ということには、信用を置くことができないからだ。何かを語る時その何かを傍に置いて語る方がよほど信憑性が高いというのは自明の理だ。少なくとも私はそう信じている。

第二幕

折れた氷を抱くのなら

では、傍らにいてくれている、アイカについて語ろう。もう大分昔のことになるが、私はアイカを抱きかかえ、あの全てが赤く塗り尽くされた場所から、外へと向かった。私には、まだ捨てられないものがある。甘い揺らめきの中で、私が自らの意志で、その思いを力強く握り締めた時、私は、外に立ち向かう勇気を、外に向かう一歩を、何物でもない自らの力で勝ち取ることができた。その後に何があったか、語ることはできない。いや、語るべきではない。以前にも類似した内容に触れたが、これこそ私如きの意識の内に収まってくれるような事象ではなく、一つ次元上の世界に、対象を明確にするならば神に憧れるように、かつて触れ得たその世界については夢見るように語る術しか持ち得ないのだろう。

話が大きく逸れてしまったようだ。いや、あながちそうともいえないか。アイカという一人の他人の中に起こった現象、いうなれば悪夢についてもまた、私は空想に想いを託して手探りすることしかできない。よって私が彼女について語ることというものは、彼女自体ではなく、彼女に対する私の想いということになろうか。

彼女は言葉を失い、表情を失ってしまった。彼女の心を映し出す鏡は、彼女の心の在り所を示すものは、悲しいかな、全ては一片の氷を打ち砕くように、儚く、脆くも砕け散ってしまった。私の心に、小さな破片を突き刺して、それらの存在は、突然に私の前から姿を消してしまった。彼女の心は天高くして、今や、手の届かないところに……。

背を背後の岩に凭《もた》れて、哀願するように、ただただ開けている地を、雲を、そして空を眺める。遙か向こうに見える、雲の端の方から光が漏れ出している。去来する想いに別れを告げ、私は、その方角へと歩を進めて行った。

第三幕

天空に落ちる陽のもとに

雲の下方から、少し少しと、光り輝く聖なる滴がその存在を現し始める。目を射る閃光。私は、その矛先のあまりの眩さに、思わずつと瞳を閉じる。瞳の中で、いつの間にかその鋭い刃は優しい温もりの海の一滴へとその姿を変え、私の淀んだ瞳を包み込む。そう、誰彼構うこともなく、私のような汚れたものにすら、溢れ余る清き慈悲を与え給うて下さるのだ。これが、神でないとするなら他に何をそれと呼ぶことができよう。このことにせめてもの感謝を捧げないのなら、その人はその人の何を人間らしいと呼ぶことができよう。

意志か、それとも肉体の限界か、私は引き寄せられ歩くとも倒れるとももままならぬ挙動を続けていたが耐え難く、遂には地面に腑甲斐なくもへたと座り込んでしまった。段々と、果実が実る様を、年月を短縮させて見ているかのように、黄の色一色に鮮やかに輝く滴が膨らみを増す様を、静かに垂涎して圧倒されて見守る。自然の造形美と呼ばれるものについて、こんなにも生命力に溢れ叙情味に溢れたものというのを、本当に今の今まで見たことがなかった。丸みを増して膨らんでいく様に、何だか、憧れとでも言いたくなるような感情が込み上げてきた。

ふたつある私の瞳には——こんな書き方をするのは、私にとって今、欠けていて不完全な状態であるものがあまりに甚大であるからだ——今、彼は欠落一つない極められた色彩美に彩られた、天女の羽衣のような、そう、アイカに着せてあげたくなるような、いや正確には着てもらいたくなるような姿で、理想、完全、永遠、一切、真実、至高、始祖、終末、唯一、無二、絶対、悲哀、勇気、絶望、強欲、享楽、憐憫、不遇、塵芥、そして祈り……、何故だろう、しかし見ていると畏れに呆然とした私の意識に錯綜してくる、多かれ少なかれそうした森羅万象とも呼べそうなものが凝縮された様々な顔を見せて現れてきている。がしかし、心の場合と同様にして私の瞳に映るものもまた、対象の外殻としか呼べないような貧しい姿なのであろう。そして人はこれを、希望や空想の絵の具を加えて天使とするなり、また実際現実に於いて天使と思える他者、または、悪魔や現実に忌み嫌う人間を投影したりするのかもしれない。ただ不幸か幸いかあいにく私の世界は殊人間的であるかないかという点で非常に狭い。また、それは絶妙に狭いものだと思っている。然る故に私の偶像は飽くまで自然、そしてその頂たる太陽にほかならないからだ。決して、自らの意志で汚れることなき絶対の存在としての、美の理想型としての自然なのだ。また同時に、非情に徹底する、完全他者、父としての自然でもあるわけだ。この点では、私は人に囲まれ過ぎて暮らす人々よりも幸せなのではないのだろうか、と信じている。

こんな思索を巡らすうち――それといっても、この時間に関してはいつものことだが――太陽の、雲とそれとの最後の接点が、今まさに千切れようとしていた。彼らが秘密裏に行っていた蜜月も否応なくも終わり、太陽は、肉体を曝すことへの恥じらいからか、今までよりも一層輝いて、艶やかに揺らめいて見える。滴は零れ落ちる音も立てず、飽くまで、完全者としての地位と気品を漂わせている。そして、完全なる円形が、遂に私の眼前にその姿を現した。この形が、この輝きが、そしてこの華やかさが、私の脳裏にこびりついて離れてくれようとはしない。そして、彼がこの姿を曝してくれる時間を、私は決して逃さない。畏れ多くもいま、わたしの瞳にはその美しい図形が重なっていることだろう。そして反射投影の側面から捉えるならば、私を形作るものは、この太陽光を措いては他にない。私の精神の原型ともいえるものを構成するのが彼であるなら肉体という部分に於いてもまた、彼は私の創造主であるのだ。

そして、厳粛なる神の御座の前に、私は祈りを捧げる只人《ただびと》となった。元々只人であるのを、心からそう思った、という訳だ。そして、大事な願い事もしておいた。明日にもこの、偉大なる神に祈りを捧げられますように。

第四幕

あるいは、その果てに目指すもの

夕食の時刻だ。幸い食料に事欠くことはない。今私たちが棲み暮らしている所のすぐそばには、果実と野菜の類が実に豊富に揃っているからだ。水分というものにも恵まれることとなった。以前は大分それ等に苦労させられていたものだが、いざ何不自由なくなってみると、案外に何でもないものなのだなと思った。結局は生きていく上になくてはならないものであって、それに四苦八苦することもなくなってみれば、空気を吸うことと同様、自然と生活の中に溶け込んでしまうものということなのだろう。太陽もまた、そうして呆気なくどうでも良いものとなっていくのでは、非常に寂しいことだ。

いくら不自由しないとはいえども、それを得るためには当然取りに行かねばならない。太陽も地平の向こうに沈んでしまった。いつものように、散歩がてら食物を取りに行くとしよう。

この地は、草原というにはほど遠いがしかしなかなか生命に満たされている。所々に草が群生していて、今のような夕刻過ぎにもなると、実際見たわけではないが大小様々の虫が、そこでそれぞれ思い思いに声高らかに合唱する。朝方には草の外で、日光を浴びて元気に這い回っているものもあるが、この時刻にはそうした虫は少ない。故に、草を踏むことさえ避ければあまり無碍に虫を殺すことをしなくてすむ。そして意味もなく小さな命を奪って不快な思いをしたくない私は、外出はその限りではないが大概はこの時間にしか歩き回ったりはしない。

そう、それにあまり外出をしないということは、他の意味でも多分に重要であるのだ。アイカを一人にしておく時間は、できれば避けたいものであるからだ。連れていけるならそうしたいが、それはできない。アイカは自分からは動くことすらできないのだ。いや、動く意志が、心がないのだ。そして私は、もう昔のようにアイカを抱えて歩くことはできない。私の足は、もうそれに耐えることができない。

その点では不自由を知ったことはないであろう、そして此からに、それがあるのかもしれない体躯の二倍はあろうかという翼を勇ましく広げた鳥が、私に影を落としそして彼方へと去って行く。帰る家を、目指しているのだろうか。夕方の静かで肌寒い風が、私の体を通り過ぎて行く。早く、うちに帰ってあげなくっちゃ、な。呟いて、私は早足に深く沈んだ青い平原を歩いた。

第五幕

閉ざされたふたりのための光

長い長い家路を辿って行き着く先は、暗く暗黒に口を開けた洞穴だ。何か温かな出迎えがある訳ではない。家、居住するために自らが作り上げる空間というものに憧れを抱かなかったこともないが、今の私に、それを一から組み立てるほどの余力があるはずもなく、こうして何でもない小さな空洞の中に、仮の住まいを設けているのだ。そしてアイカさえ良くなってくれれば、この洞穴に長居する理由もない。

採ってきた物たちを抱え、視界の利かない洞窟の中で壁にぶつかることのないよう、十分に留意してアイカの元へと足を運んで行く。もう道順には離れた。だが、まだ暗い所は苦手だ。あの時の、苦々しい記憶が、私の本心が生み出した愚直な行動が、目をつむろうとも、またアイカとの楽しかった日々を回想しようとしても、それらを打ち破り私の心を責め苛む。その度に、私は人間と呼べるのだろうか、私はこれ以上生きていく価値はあるのだろうかと脳が割れるほどに自問する。だが実際その考えは安らぎに逃避しようという愚かな考え方であるという事実もまた同様に良く己に唱える。アイカをああにまでした張本人である私がそう簡単に命を投げ捨てて良いものではない。死は単なる現実逃避、それで全てを償った気でいる自己満足、自慰行為だ。せめてもの償いをする、そのために己を捨て尽力するという道の他に、選ぶ道などない。そこに希望と呼びうる一条の光が、存在しようとしまいとおまえはいつまでもいつまでも、細長い闇に閉ざされた道を、命の砕け散るまで歩くことに没頭しなくてはならないのだ。歩け、歩け歩けあるけあるけあるけあるけあるけあるけあるけあるけあるけ…。

唐突に光を目にしてあたりを見回すと、果たして一方に於いては目指した所へと辿り着くことができたようだ。この洞窟の最も奥の広場には、夜でも光が届くようになっている。頭上に、空と我々とを遮る天井が存在せず、夜の微光がある程度差し込むようになっているからだ。その仄暗い中に、静かに佇みそして顔を青く照らされて、何処を見るともなく、沈黙して、どこか悲しげな眼差しで私の足下を見つめるアイカがいる。いつもとおなじように。百年の昔から、そこを微動だにしたこともないという、厚い氷の壁に、封印されてでもいるように。

第六幕

愛に、祈りに、次なる調べを

綺麗な花が、咲いたその地にアイカは静かに佇んでいる。奇遇といえば奇遇だ。素晴らしいといえば素晴らしい。そう何度と洞窟を探し回った訳でもなく、私はまだ小さかったアイカを両腕に抱いて這うようにして歩いていて、ふと目にした洞窟の口が、ここへと繋がっていたのだ。それ以来、私たちはここに居を構えている。

そう、アイカは成長してくれているのだ。あたりに芽吹いた小さな花の子供たちと共に時を歩み、共に成長する。やがて咲いた花だけが、綺麗に限りある時間を輝いたかと思うと今までの輝きが嘘であるかのように、生命を繋ぐものを逞しく残して、静かにゆっくり枯れていく。そんな風にして季節が巡り行く様を、私はアイカと一緒に何度も見送ってきた。その中にいてアイカはずっと、花のように美しかった。そして今なお、その輝かしさは廃れてはいない。アイカは、ずっと輝いていた。私の心の中でも、愛おしい思い出と共に、アイカは、ずっと輝いていてくれた。

ただ現実に於いてはそれほどの輝きがあろうか。見た目の華やかさとは裏腹に、何の行動も取れない、華奢なその手も、白く光るその足も、あの瑞々しい声も、愛らしい笑顔も、何もかもが、動きを止められてしまっている。この時、私は何をしたらいい？　私の手は、顔は、呼吸は、目は、鼻は、耳は、声は、一体何のために？

そこに答えを求めることはできない。そもそもその答えはない。しかしそれでも私の体は彼女に捧げるためのものであるはずだ。いくらかまた萎れだしてきた花々を摘み取り、座り込んだ彼女の手にそっと握らせ、綺麗な顔を覗き込む。

「行って来るからね、アイカ……」

私には、この夜の間にどうしてもやり遂げねばならないことがあった。その運命の時刻の、私自身の覚悟の確かさを確認すべく、限りなく狭い空を見上げる。そこから私の目に射し込む光が、私の瞳を獣のように細くさせた。

第七幕

蒼き、蒼きものたちの刃

私は、ある事象を発見していた。ある時期の、ある夜になると決まって現れ出るものがあった。それが実在なのか虚無なのか、それはまだ知らないのだがしかし少なくとも、希望の光をうちに秘めた存在に思えた。前に言った彼とはこの存在を指し示す。

ある時期というのを知ったのは至極偶然からだ。いま天に広がる雲の隙間から、光が射し込んでいる。夜であるにもかかわらず、今夜のように不思議で暖かな光が地に降り注ぐことがあるのだ。初めてこの現象を目にした時、私の精神はひどく揺らいでいたのだが、少し心が洗われたような気がして、何の気なしにふらふらと散歩したい衝動に駆られた。そして私は、彼との邂逅を果たしたのだ。

出会ったところは、私とアイカの住む洞窟に間近い快く澄んだ滝だった。ここは普段から水の宝庫として、また水浴びなどにも愛用しているもので、その夜も少し落ち着ける場所をと思ってそこへ赴いたのだった。

私は我が目を疑った。今現在にして太陽が煌々と照りつけているのではないかとすら思ったほどだ。滝より手前にいたのか、それとも後ろ側にいたのかそれはわからなかったが、宙に浮いた水の塊の中に光源があるかのように、青白い強烈な光を発するものが、滝に佇んでいたのだ。その詳しい外形については何も言えないが、無駄のない締まった体の、勇ましい獣のような姿だったように思う。鬣《たてがみ》らしきものを、常に風に吹かれているかのようになびかせ、鋭そうな角らしきものが、整った顔と共に、まっすぐに天を向いていた。

それでも、どんな物体であるのか皆目見当がつかなかった。しばらく、本当に永いこと我を忘れてその蒼き炎に魅入っていたのだが、一向に立ち去る気配がない。それどころか微動だにしない。じっと、力強く天を見つめて静かな滝の中にいる。生き物には違いなかったが、とてもこの世のものとは思いがたい姿と立ち居振る舞いだった。

先に立ち去るのは決まって私の方だった。接触を試みたかったが、どうしても踏ん切りがつかなかった。アイカがどうのということではなく、単純に恐ろしかった。死への恐怖というのも少し違う気がする。ただ、触れてはいけないと全身が命令していた。触れたら全てが壊れてしまう、そんな気がした。

立ち去ってから、夜を越えて朝が来て、私はいつも滝の様子を見に行った。しかし、そこには彼が実在したことを示すどんなに些細な証左も残されてはいないのだった。

今もそう、彼に会いに行こうとしているのだ。そして彼を、狩る。悲しい決意を胸にして、私は滝へと続く細い草原の中の道を歩む。前方からの、神々しいまでの目映い光が私の瞳に届いて来た。

第八幕

その矛先は……?

そこに、私が今さっきまでに思い描いていたとおり、またこの明るい夜に合わせていつものように、彼は闇を蹴散らして涼しげな滝の中で水や陽を浴びていた。実際に、浴びているのかそれはわからないが、滝の水は彼の到来を驚喜して、はやる気持ちを抑えられずに彼の体に降り注いでいるように見える。彼の方でも満更でなく、水を受け入れているように見える。ただ、そう見えるだけで、実際には彼は何の動きもとっていない。

彼は何のためにこの地に来るのだろう、私はふと思った。ここで天を仰いで、何を思っているんだろう。私に見えない何かが、彼には見えるのだろうか。私も、彼が見上げる方向に目を向けてみた。だがやはり、以前霧に覆われていた頃ほど白くはないのだが、それでも白さがまだ残る静止した夜空があるだけだ。彼の方に視線を戻す。そして矢に手をかける。今日の狩りが最後の狩りになるだろう、私は思った。

矢にありったけの力を込める。掌が次々とすり減っているような狂おしいほどの痛みが矢を支える私の手を襲う。矢を作り、矢を射続けてきた手は、もう寿命が近いようだ。何とか叫ぶのを堪えて、じっと滝の方を見据える。あまり見ていれば焦点が合わなくなってしまいそうなほどに眩しい。そう長くないうちに、彼を射らねばならないな、私は心の中でぽつりと呟いた。

何故こうなってしまうのだろう。何故こうでなくてはならないのだろう。体を震わせながら、私は波紋一つない水面のように穏やかな思考を広げていた。できるなら彼ともっといい形で出会いたかった。話などできないだろうが、交流したかった。彼と一緒に空を見上げたかった。太陽の日を浴びたかった。アイカの傍にいて、アイカの心を癒して欲しかった。

だが、出会いは残酷だった。私には、アイカが一番大きいのだ。夜の中で何もかもを明るく照らすその体を、その体の中に流れているであろう、清い川のような赤い血を、彼女にどうか分けてやってくれ。愚直な男の最後の祈りを、聞き届けてやってくれ……。

明日の涙が乾かないうちに、今日の祈りがついえないうちに、言葉が力に耐えられるうちに、力がふたりを壊さないうちに、矢を、夜を越えて最後に打とう。手のひらが、矢に静かに別れを告げた。

終幕

巨大樹にささげる歌

孤独な男は、歌を歌っていた。それは思い出の歌であるらしく、男は、一言一言を懐かしむように、何かを愛おしげに想うような歌声を発している。その目には涙が浮かんで、音もなく、地面にしみを作っていく。顔は、涙でひどく汚れたようになってしまっているそして掌も、涙で屈折したようになっている。

天まで昇って行くように、歌声は空へと駆け上がって行く。見えない何かに、躍りながら飛翔して行く。翼のない鳥が、仰ぐのは、決まって彼の故郷の空であるように、その彼の祈りの声もまた、仰ぐことのない、地を蹴り上げてゆっくり、ゆっくり、天の明るきを目指す。明るい空に、涙が溶けていくのかもしれない。男の瞳は、今は涙を止めた。仰ぎ見て、自らの声が声でないかのように、目を見開いて、天に近づいて行く歌声を眺めている。その間にも、絶え間なく、男の口からは静かに旋律が続いている。

天が口を開けた！　まるで歌声を受け入れるためであるかのように、その時、勢い良く空が割れた。ああ、何という輝かしさだろう！　太陽が太陽でなく太陽のスープになってしまったように、全天が黄金に輝いている。降り注いでいく。降り注いでいく。夜に微睡み静かだった木々も、突然に起こされて騒いでいるし、動物たちも、花々も、みんな驚きつつもその顔は安らぎと幸せに溶けてしまっているようだ。男の顔は、みるみるうちに希望で洗われていくようだ。

男はあたりを見回した。愛しい人の髪の毛のように、優しく揺れる金色の草原が、木々があった。そして木に凭れるようにして、少女に特有のはにかみを浮かべて、一人の可愛らしい少女が男を見つめている。何か、言おうとしていたようだがそれより先に、男が駆け寄ってそしてもつれて転んだ。少女は、少し笑うと男を優しく起こしそして今度は男に凭れた。どんな瞬間よりも安らげる、落ち着けるのがその男の胸にいる時であるとでも言うように、幸せそうな微笑を浮かべて。男は、しばらくされるままでいたがその少しの沈黙の後、少女を思いきり抱き寄せた。何か、男がささやいている。少女は静かではあるがそれでも滑るような頬はしっかりと赤らめて、それを聞いている。二人の時間は、ただ静かに、静かに流れていった。

The End of Singalio Rou' Se lef Episode 3

最終章

雪降る野原に、愛を繋いで

最終章序編　がんじがらめの小鳥、と、もの悲しげな庭師

第一幕

あそびとぼくらの日々

ぼくは、木が好きだった。

ぼくの周りには、小さな苗木がいくつも植えてあって、そこがぼくのためだけの庭だという事実が、ぼくを幸せにした。そう、たとえ友だちを作ることができなくたって、たとえ外の景色を見て回ることができなくたって、ぼくは、この庭さえあってくれれば、ぼくがここで呼吸して、寝ころんで、草の匂いをかいで、あちこち走り回って、そして夜になって、草や木がぼくに話しかけてくれて、その中でぐっすりと眠れさえすれば、ぼくは満足だった。いっぱい、いろんな宝物があったから、ぼくはほかの子よりも、きっと、幸せだった。

苗木だけじゃない。ぼくががんばって見上げても全然てっぺんの見えないくらいの大きな大

きなやさしい木が、いつもぼくのそばにいてくれた。ぼくはその時、かれの言葉がわからなかったし、しかたなく名前をきけなかったけど、彼の近くに行くときまって、かれはざわざわ、とあいさつしたから、ぼくもその音を口まねしてあいさつ代わりにしていた。

かれに寄りかかって、おいしいくだものを食べて、ひる寝をすることもあったけど、一番良くやったのは、何より木のぼりだった。何度もやったのもあったし、何度もころげ落ちたものだから、手はちまめだらけだった。でも、ぼくは大好きだったから何度でもやった。かれのあたたかい体に思いきりしがみつくのが楽しかった。ぼくは、そのぬくもりが大好きだった。

てっぺんに行けば、緑色の葉がきれいにまぶしく輝いていた。てぢかな枝をいすにして、太陽の光を手でさえぎるようにして、景色を眺めた。どこまでも広い草原が、あたりいちめんに広がっていた。青い空も。でもその空は、少し〝うそ〟が混じっているということは、幼いながらも感じていた。だから、ぼくはあまり空を見上げるということはなかったように思う。

ぼくがこどもだった頃は、香りのないさりげない風のように、静かな速さで流れていった。

第二幕

力弱き者

僕は少年になった。それが証拠に僕は自然と語らうだけでなく、他人というものにも自覚的になった。

彼はずっと前から僕の世話をしていてくれた。名前は知らない。ただ、彼が自分を何とも呼ばないでくれと言っていたから、そうしていた。

ずっと以前から顔を合わせ続けてきたにもかかわらず、僕と彼とがまともな会話を交わすことはただの一度もなかった。僕が避けていたのもあったろうし、彼自身、特にそれを求めているようでもなかった。時折服の替えや食事を持ってきてくれたり、風呂を沸かしてくれたりする。それが、僕にとってある時期までの彼の全てだった。

いい加減しびれを切らしたとでも言うように、僕と彼とが共に過ごす時間が爆発的に増えた。いろんなことを聞いた。いろんな疑問をぶつけた。そして僕は、段々と、自分の置かれた立場を知るまでに至った。

彼が言うには、どうでも良いことだが僕は王子だった。僕はたいそう親である王に可愛がられているということで、寵児として半ば幽閉するようにこの庭での生活を強いられているとのことだった。気持ちの悪い愛の形にウンザリしながら、それでもこのお気に入りの庭をくれた親には、形骸的に慕う気持ちを持っていた。なら何故会いに来ないのかと聞くと、遠くで見守るだけで十分だからそれで良いということで、それ以上を聞き出すことはできなかった。

文化を学ぶ。歴史を学ぶ。エリクエク・エスタル、「輝ける真実の光」という国の、レ・フという王のただ一人の愛し子として、ハルクトという星の小さな一点で、僕は、彼の口から流れ出る知識の一つ一つを、溶解液に満ちた飢えたスポンジのように、吸収し続けていった。言ってみれば僕は、それ以外に能のない、そのほかに取るべき行動のない、呼吸を続け、水を飲むだけの〈苗木〉同然だった。苗木は、一人で何処までも何処までも、寂しさに体を軋ませながら、天を目指さなければならないのだろうか。

第三幕

Princess of songs Singalio Rou' Se lef

ボクは天使と出会った。

空の嘘が何であるか、その頃にはもうすでに悟っていた。これは過去のものだ。知るよしはないのだ。鳥が、空を切り裂くように軽やかに通り過ぎて行くし、雲も忙しく空の色を塗り替えて、塗り替えては違う彩りを添えていく。青白く不健康そうな空がいちどき顔を見せていたかと思えば雲はその顔を異常なまでに白いナプキンで強引に拭い、強烈な汚れで炭と灰のミックスジュースを含みだし、そしてその絞り汁が空を見上げるボクの顔面を襲う。やめてくれ。何をやめて欲しいのか、それはまず確実に、降り注ぐ雨に対しての思念ではなかった。たぶん、ボクに嘘をついた空に対して。ボクをとりまく、匂いのない温もりのない感情のない意味のない、不快で不気味な空気に対して。そして、ボクのいるこの庭と、この体に対して。青い嘘つきの壁を貫いて、その向こうの本当の、ボクがきっと力強く踏むことのできる大地に、飛んで行きたかった。それがたとえ嘘でも、ただ一度でもいいから、力強く、自らの生を歩む実感が欲しかった。

その日も、ボクは降りしきる雨の中、横たわりながら青い天井に向かって声を失うほどに嗚咽していた。子供でもこんな泣き方はしないだろうというほどに、止めどなく目からいたいいたいと叫ぶ涙を流して、無邪気に転げ回った。うわあい、うわあい。心は、痛みを麻痺させる精神薬として、過去の、少なくとも幸福を味わっていた幼少期のことを、ジグソーパズルのように滅茶苦茶に脳に繋いでいた。

そんなことをしているうちに、だ。ボクは一瞬、見た。美しい草原の、いや、美しくなった草原の、そのただなかに、輝かしい太陽があったのを、見た。背筋をそれこそ何か細長い生物が勢い良く駆け上がった気がした。大きくボク自身がのけぞったような気がした。ただ目だけが、それを正常に追っていた。

太陽の下。薫り高く空気を演出するありとあらゆる緑の天才たち。熱せられた空気の中で、何かにたぐりよせられるように優雅に揺れ動く虫たち。瞬間ごとに、それぞれが皆一分の隙もない位置へと確実に移動している。ある者は草の葉の間を、ある者は彼らの空の空気と空気の流れの隙間を、ある者は、引かれ合うお互いの、縮むことのない小さな宇宙の周りを、ある者は、笑顔を振りまく花々に、一生懸命の挨拶を、ある者は、高貴で可憐な、土と水と太陽の彫刻に口づけを。それを、手に取る者がある。手に取り、ゆっくりと軽やかに、鼻に近づけ、すっと香りをかぐ。まるで、花がため息をついて、その人の姿に見とれているようだ。清浄な口元から、小さく吐息が漏れて花にかかる。だが、もうその花は動きを完全に止められてしまったようだ。かかってきた息に当たり前に花びらを揺らされると、後はじっとそのままだ。

そこで、僕の意識は現実に戻らざるを得なくなった。何故なら、彼が僕を揺さぶってきたからだ。目を瞬いて彼に目を向けると、何か困った顔で、僕を見つめている。僕はすぐさま今まで心を捉えていた光景についての疑問を刺々しくぶつけた。最初は言うのを拒んでいたが、最後には口を割って話す気になってくれた。

結局、何のことはないのだ。つまり、僕の直感通り、僕の周りの全ての光景は、過去、この地がそうであった映像を垂れ流しにしているに過ぎず、実際に存在している物などごく僅かなのだそうだ。元々感づいていたことなので、衝撃もごく微少だったし、科学の欺瞞にも躍らされていなかったのだと、自分の人間的な感覚が生きていたことが嬉しくもあった。

彼女、つまり、過去この地で、花を摘み、花の匂いをかいだであろう人物については、あまり多くを語ってはくれなかった。ただ聞くことができたのは、彼女が我々人類にとって重要な、歌姫、という人だということだ。シンガリオ・ロウ・ザ・リーフ、という、立派な仕事なんだそうだ。僕は、でもそれだけで十分に満足して、彼にさらに疑問を投げかけるのをよした。シンガリオ・ロウ・ザ・リーフ、か……。僕は勝手な鼻歌を口ずさんで、彼を後にした。服は、濡れっぱなしだった。

僕が、その後その言葉の真意を知るまでには、いくらかの歳月を経ることになる。

最終章　雪降る野原に、愛を繋いで

第一幕

歳月

あれから、幾年かがたち……。そういえば、随分と似てきたものだと思った。アイカのことだ。どうしても、記憶にある歌姫の姿と今の彼女の姿とが、重なって見えてしまうのだ。いや、私の記憶さえ確かならば、彼女とそれとは全く同一だ。そこで私は、ある驚愕すべきか驚喜すべきかの思考に辿り着いてしまった。つまりは、私の心の中にある、小さな一つの、それでいてその存在は圧倒的な光彩の球となって私を捉えて離さない、微かな恒久の憧れである歌の君の姿そのままが、今こうして何事もないように私の目の前にいるような気がするのだ。恍惚する精神がある中で、脳裏は確実にその異様さを感じ取っていた。

そこには、私の胸を締め付けるような、悲しい裏づけが幾つかある。一つには、服。アイカの、綺麗な、黒いドレスだ。なぜそうまで艶やかなのかというくらい、清楚で整然としたその衣装は、彼女の髪にも負けず劣らず、その体にとても良く合っている。何故だか、合わさっているのだ。彼女の背丈に合わせて、その服もまた大きくなっているのだ。しばらくは気づかなかったがそのうちになって私は気づいて慄然とした。これじゃまるで……植物だ。静かで、自らを華やかに見せる力を持っていて、逞しく、他に依る術を知っている。

力強い、一個体の生命体なのではないか。だとしたら、私は……寄生されているのではないのか。そう思った後すぐに、私は自分の考えの不気味さと醜さに怯えた。

他にも幾つかある。アイカが意識なく自らという深く暗い海の底の漂流者であった時、彼女は碌《ろく》に食事をしなかった。植物の液を飲ませたり、水を飲ませたり、そうしたことはできたのだが、ただ、最近ではそれだけではどうしても不十分だったように思えてきた。そして、それらよりも何よりも、私は、決定的にアイカに関する私の知らない何かを意味する光景を、見てしまっているのだ。考えたくもなく、幻覚だとして押し込めていた苦い記憶だが、私は、もうそれを無視することができなくなってしまっていた。

今、私と向き合って、可愛らしく潤った唇から美しく歌声のような声で語りかけてくるこのか弱そうな可憐な少女は、一体何なのだろう。私は、遂に最愛の人を疑うこととなってしまった。

第二幕

残火

アイカは眠りついている。もう夜なのだ。だがしかし、私は安易に眠りつくことのできない精神を抱えていた。ともすれば負の思考を肥大化させてくる脳と闘いながら、私は、激しい渇きに癒しを渇望していた。他に望む物はすでになかった。肉体にとって必要不可欠な物はもうありあまるほどに私を満たしている。だが、私の精神に渦巻く飢餓は、それを以てしてもその心を安息の場に留めて置いてはくれないのだった。

いたずらに涼しい夜風を顔に浴びながら、荒れ狂う落ち着きのない海に少しでも穏やかな場所を創ろうと専心する。星空、か。昔は塵のように貧相な光の粒が無意味に漂っているだけとしか思わなかったが、今は、気持ちの良い懐かしさを提供してくれる好もしい存在となった。よく観るようになってからは、星々にもそれぞれ随分といろいろな表情があることを知った。明るい星もあれば暗い星もある。今にも消え入りそうな星の周りには、自らの輝きを誇示するような星々がところ狭しと瞬いている。赤い星に緑色に光る星。全天に、毎夜こんなに多彩で巨大な劇が繰り広げられている事実に、私は心から感動している。

名前をつけた星もある。私の知る名は、思い出となるような物に関してほとんどない。だからそれに因んで名づけられた星の数もそれこそ数えるほどでしかない。が、それでも私は気に入った星に、私の心に残る名をあてがった。大きくて大切な思い出と共に、思いを込めて、縋るように。

夜空を手に入れたのは、霧が全て飛散して空が晴れ渡ったからだ。自然を、もはや完全な形で手に入れたといっていいのだろう。

これから、私はどうなっていくのだろう。心に描いた風景に思いを馳せて、その風景のために命を繋いできた私には、何が残されているのだろう。二人で、幸せに生きていく未来が残されているのだろうか、それとも……。

あの霧に問うこともかなわない。自分に問うことにも星屑ほどの意味もない。それでもこの星空を見上げていると、自分の心がひらけて、光の、希望の無数の粒で満たされていくような気がした。

最終章序編　がんじがらめの小鳥、と、もの悲しげな庭師

第四幕

君の言葉を聞かせて

静かな夜だ。音もなく、昼間の光景は全て闇の中へとその姿を潜めている。

ひそやかに冷ややかに瞬く星々は、僕の視界に入っていながらにしてまるきり風景の中に開いた場違いな穴のようだ。夜という固く凍てついた無限の宝石のそこかしこに、かろうじて開けられた寂しがり屋の臆病な光たちの抜け道。夜それ自体の輝きと呼ぶにはあまりに不釣合いな、たくさんの光の粒の一瞬の声を、僕は聞くのだ。

ぼくは、ここに、いるよ。

きみの、こえを、きかせてよ……。

深く深く深呼吸をする。星を見上げたままのけぞらせた頭に、長い時を経てきた大木の、ごつごつした岩肌のような若くない幹が触れる。ふうっとため息をつく。この木と経てきた年月が、この木の経てきたそれと比べてどんなに短かろうと、僕はこの木が好きだ。たぶんそれは事実であり、僕の感情ではない。僕は、どうしてもこの木が好きであるようにできているのだと思う。僕が、僕を持たずに生きてきた頃から、僕のそばにあり、僕が見上げてきたこの木が、そう、僕にとっての木であることの……。

彼の言葉を、僕は知った気でいる。星々の泣き声に、耳を傾けた気でいる。でも僕は、自分の言葉を知らない。僕には、自分の声に耳を傾ける、その勇気はない。僕が本当に何を望むのか、それも知らない気がするし、思い描くほどの力も、ひょっとすると持っていないのかもしれない。

でもひとつだけ、僕には確かなことがあるんだ。あの人の微笑が、僕にとって、揺るぎようのなく、白い砂のように僕を鮮やかに彩っているのを知っているし、また、僕に手を握るその力がなくなっても、落ちずにずっと僕の手の中にいてくれる物だということも、僕にはわかっている。それが、僕に生きる衝動を与えているのだと思うし、それが、僕を前へ、前へと紡いでいく糧なのだと思う。

そうして僕は、自分の言葉を持って、自分の声で言えるようになった。

ぼくは、ここに、いるよ。

きみの、ことばを、きかせてよ……。

それが、いまを生きていくための僕の力の全てだ。

第五幕

破られた、嘘と沈黙

しばらく会わなかった人に会う、というのは、懐かしさが第一にあって、知っているのに知らない人と会うようで、もどかしい嬉しさと奇妙な刺激と新鮮さがある。昔のように語り合いたい、という思いが込み上げてきて、僕の中の人との絆の在処を再認識する。この絆が深かったら深かっただけ、心の中も大騒ぎを始めるのだろうが、ただ、この人とはそんなに強い繋がりが持てたわけではない。久し振りに二人して会えたというのに、それが残念だ。

会った人というのは、僕にいろんなことを教えてくれた――飽くまで知識の上での話、だ。僕がそこから何か大切な物を学べたのかというと、本当をいうとよくわからない――、名前のない彼だ。僕は会うなりすぐさま、彼につけようつけようと思っていた名前をつけて勝手にそれで呼び始めた。エリクエク・エスタルから名前を取って、エリックという名を作ったのだ。きっとこの国に奉仕することを良しとして生きてきた人だ、喜んでくれるに違いないと思ってのことだったが、案の定、少し嫌そうな顔をして見せていたが目や口元で、心は喜んでいるんだなとわかった。こんな風に人を細かく観察したり、難しげな思考をしてみたり、僕は子供の頃からませていたが、こんなのん気な名前をつけてみたりするのは、意外に子供っぽい側面は人一倍大きかったかもしれない。きっと、親というものに面倒を見てもらったことがない分、背伸びをしつつもその子供のように甘えたいという願望の表れは捨てきれなかったのだろう。ほら、今だって妙に醒めた目で自分を見つめてみたりしている。まるで、親にそうしてもらいたいとでもいうような、そんな視点だ。

歌姫、あの人の微笑みを見た日から六年、彼と最後に会ってから五年。彼によればそれだけの月日が、流れ過ぎているということだった。僕は、嬉しいことに、彼と親子のように過ごすことができた。人恋しかったというのがその理由だとは、僕は思っていない。僕なりに親という存在、その愛について考えたのが大きな理由だろう。彼の目は僕を愛していると言ってくれていた。僕には、彼が本当の親でなくたって、もしかして人ですらなくたって、それで十分だと思えた。うれしい日々が、子供の心で躍り回れる日が、また来てくれた。本当にそう思ったんだ。その時は、まだ全然、あんなに痛くて苦しい別れが来るなんて、思っても見なかったんだもの……。

そう、でも僕は、逃げないでそれについて振り返ってみようと思う。僕が、この空間にあって、今の自分を見失わないためにも、未来の先から来る日に身構えるためにも、まだ、眠っちゃダメなんだ。そうだ、これからの日々は、僕と世界のみんなの闘いなんだ……！

最終章　雪降る野原に、愛を繋いで

第三幕

微熱

「あの人と最後に別れる前に、こういう話を聞かされたんだ。僕は全くその星の人々とかかわらなかったと言っていいから、あまり実感が持てる話じゃなかったんだけどね……」

「前にも言ったように、僕はあの人と再会してから、すごく楽しかった。子供の頃以来だったと言っていい。でも、それはそう長くは続かなかったんだ。ここから先は、まだ話したことがなかったよね？　あの人は、急にこの話をし始めたんだ。今までになく深刻な顔をしてた。それは、今まで教えられてこなかったあの星の本当の歴史だった」

「人々はある時まで全く何でもなかったんだ。ごくごく平和に暮らしてた。今の僕たちのようにね。だがある時、人々は変わってしまった。人そのものが。人々は突然お互いが心の中で考えていることがわかるようになってしまったんだ。原因は、ある国が作りだした人の体を変えてしまう兵器だった」

「その国は、アーキ・ファルファ帝国、あの『星空を駈ける希望』計画の国だけど、あの計画が本当にどうなったかというと、僕が今まで言って来たことは……実は全部嘘なんだ」

「僕がその計画の宇宙船パイロットだっていうのも嘘。君の星に偶然不時着したっていうのも嘘。だから誰も迎えになんか来てくれやしないんだ、本当はね。僕が星々の瞬く宇宙を見たなんていうのも嘘。僕はただ、気がついたらこの星にいたというだけなんだ。それに君が見たことがなかったっていうあの空にしたって、僕は本当は今まで見たことはなかったんだ」

「いや……そうでもない。見たといえば見たな。でも僕の見たその空はこの星の空のように綺麗なものなんかじゃ全然ないんだ。ただ青いだけ。いや、実際の空は、醜くて血のように赤いだけの空になってしまった」

「なんでかっていうと……宇宙船は嘘じゃなくてちゃんとあった。立派で、頼もしくて、僕は写真で見ただけだったけど、本当に素晴らしいと思ったよ。人類の最高の知恵の結晶にして最高の輝かしい希望だった」

「人々の空が爆発した。みんな何が起こったのかと思ったろうね。人々の明るい未来は、数秒で打ち砕かれてしまった。宇宙船『ロウ・ズ・エル』が宇宙までも出ないうちに大破してしまったんだ」

「ひどい有様だった。全世界を、今までありえなかった規模で猛毒の化学物質が覆った。アーキ・ファルファの科学者たちは、莫大なエネルギーを発する代わり人類に致命的な危険性のある物質を極秘裏に使っていたんだ。ただその国の王の言った期限に間に合わせようということだけのために……。それもその危険性を把握していたために、宇宙船の発射はその国からあまりに離れた場所で行われていた。その時点でもう、全世界の人々の半数以上が、亡くなってしまったんだ……」

アイカの小さな肩が、そこで微かに動いたように見えた。だが、その後の均一な寝息は、やはり彼女は寝ているのだと私に認識させる。

起きてもいない人間に向かって話しているのかといえば、それは嘘になる。私は、自分自身と対話をしているのだと言っていい。自分の今ここにいる意義を再認識しようとしているのだといえば聞こえも良いが、実際の所この落ち着く間もない現状を幾分でも打破したいがため、またただ単純に自分の過去とアイカをよすがとしたいがため、声にまで出して過去を顧みているというのが本音に近かろう。

話にいくつか彼女を傷つけるような要素があったことに少し罪悪感を感じたが、それらを塗り替えてきた嘘はやはり、今までを生きていくための綺麗な冗談だったといっていいことに違いない。私は、話を続ける。

「……空が赤くなってしまったのは、その物質のせい。理由は単純さ。その物質が赤いから。血よりも、他のどんな赤いものよりも」

「こういうのも変だけど、人々に余裕さえあれば世界戦争が始まっていただろう。しかし、人々は生きる道を探すのに手一杯だった」

「残された人々は必死で生きる道を探した。まだ人々には高度な科学力が使えた。それでもって人は、発達した地域の人々は、強力な防壁を都市の周囲に張り、そして防壁内部の空気を清浄することに成功した。もともとは対ミサイル用のもの、ああ、ミサイルっていうのは、人を簡単に殺せちゃう恐ろしい兵器なんだけど、対ミサイル用としてもともとあった物だから、その人たちは運良く迅速に環境の危機に対応できた」

「しばらくは平穏が戻った。そして人々は透明な防壁を通して見える赤い空がとても気持ちが悪いと思った。それで防壁の内側に、かつてあった青い空が見えるようにした。でも、それは美しくはなかった。僕が見たことがあるのは、この空と、赤い空だけなんだ。きっともともとの青い空は、この星のと同じくらい綺麗だったんだと思うよ」

この星……。そう、彼女は、物心ついたときにはこの星にいて、私がかたわらにすでにいたと言っていた。この星……。私は、何故ここにいるのだろう。私自身わからない。そして、彼女は一体何なのだろう。

「……この後で僕が生まれたんだ。悲しかったよ、生まれたときから、エリクエク・エスタルの王、王妃だったらしい親には忙しくてすこしも構ってもらえずに。それでも、僕は大きな木に見守られていたから平気だった。親の最高のプレゼントだったよ」

「そんなある日だった。本当に唐突だった。エリクエク・エスタルが、他の遠い地域の国々と連絡が取れない中で、宇宙移民計画という、一度この星を捨てなくてはならないと考えた科学者たちが、利用可能だと考えられた近い星に移民しようという計画を進めていたときだ」

「雪が降ってきたんだ。僕は綺麗だと思った。そう、雨や雪は、たとえ戦争になって防壁を長期に渡って張らなくちゃならなくなってもいいように、防壁を通過できるようにしてあったんだ。あの人も、エリックもそれを見上げていた。泣き出しそうな笑顔をしてね。僕は笑った。『どうしたんだ？　目にゴミでも入ったのかい？』って、いつものように悪ふざけでからかってやりながらね」

「その日が、あの星の平和な日々の終わりだったんだと思う。これが、さっき言った人体を変えてしまう兵器だったんだ。アーキ・ファルファが宇宙船を狙って、エリクエク・エスタルを潰しにかかったんだ」

「人々は、お互いの心が読めるようになった。人々は驚愕した。疲れ切ったお互いの心のあまりの重さに。お互いの傷のあまりの深さに。そう、他人の心がわかるようになった人々は、それは本来喜びであるはずが、逆に他人の苦しみまで共有しなくてはならなくなった。一人分ですら抱えきれなかった物が、何重にも折り重なって罪のない人々を圧迫した。そして人々は、内面への激しい攻撃に対処できなかった」

それから……。それからは、私は知らない。あれから人々はどうなったのか、あの星は、今も呼吸を続けているのか。そして、私自身、あれからどうなったのだろう。この星で目を覚ますまで、私は何をしていたのだろう。

「そうだ……あのシンガリオ・ロウ・ザ・リーフの人たちがいたんだ……」

あの人々の仕事が、あれからの人類を救える物だったかもしれない。私には、知る由もないが。

　私にとっての救いは、癒しは、たとえこの子がなんであろうとも、他にはなく全てアイカの中だけにある。星空の星は相変わらず、寂しげに絶え間なく己の体を燃やし続ける。アイカの寝顔も、いつもの様子で穏やかなものだ。

「この子には、感謝をしなくちゃいけないな……」

　この子のどんな些細な仕草も、何気ない表情も、私の心をいつでも和ませてくれる。この子が一体何であるか、そんなことは考えるべきではないのだ。この子のそばにいて、この子を愛して、この子のことを考えて、それだけでただひたすら生きて来れたという事実、それだけで、私にはどうしようもないくらいに十分だ。私は、生きたのだ。

　力なくその場に大の字になる。こうしただけで、私は小さな命を奪ったかもしれない。ただ大きいというだけで、命を惨たらしく奪う権利もないというのに。小さくて貴重な命。何処にでもあるか弱い命。それでも私は生き抜いてきた。呆気なく、冷徹な力に押し潰されそうになっても、それでも私は今まで自分の存在を保ち続けてきた。強力無比な、運命という脈々と続く大河の名の下において。

　静かだ。聞こえてくるのは、私の匂うくらい確かな呼吸音と、アイカの控えめな寝息だけだ。静けさに瞼を任せて、静けさに身をたゆたわせ、静けさの中で、私は何処までも続いてくれるような、温かい人の肌触りのような夢を見た。白く、濁りなく、底知れない霧の奥深くへ、私は感謝を振りまきながら、アイカと手を携えて待ちきれないように進んで行った。

最終章序編　がんじがらめの小鳥、と、もの悲しげな庭師

終幕

唇と別れのアダージョ——Adagio for lips or split

見上げた空に、

見えるのは。

赤い空と、血に飢えた純白の雪。

少年の瞳に、

映るのは。

涙と恐怖の、鮮烈な原色模様。

痛々しく、

身もだえる人々の、

顔、

声が、

脳裏を掠め、飛び去って行く。

少年の周りに世界はあっても、

少年の心に世界はない。

消えゆく流れ。

思い出深い時間……。

男は、

声を押し殺して嗚咽し始めた

少年の手を取る。

そっと、

愛のこもった手つきで

小さな宝石を握らせる。

唇が、微かに揺れる。

少年は、

驚いて顔を上げる。

そして、

手のうちの宝石を見つめる。

しばらくの間。

轟音と共に、
辺りの空気が、
辺りの草木が、
悲鳴を、

上げる。

強欲な悪魔の

研ぎ澄まされた爪が、

淡く赤に染まった大地を

木の片をえぐるように砕いてゆく。

耳塞ぐ少年。

男は、

少年を見詰める。

不安に満ちた少年の瞳が、
男の前で揺れる。
口が、何かを訴えるように、
むしろ自分に向けて発するような動作で、
動く。

また動く。

激しく、無意味に活動的になる。

男は、

黙って少年の口元を見守る。

動く！

男は、

それを厳しく制した。

しばらくの間。

男は、

内から起こる痛みに耐えている様子で、

今持てる力を振り絞って、

唇から、優しい雰囲気を漏らす。

少年の心を、

その断続的な動きで手繰るようにして、

唇は使命を持って語りかける。
周囲の獣の狂乱の奇声を、
既に自らを見失った辺りの空間を、
なだめるような、
いましめるような、
つつみこむような。
永遠と、唇は、言葉の旋律を紡ぎ出す。

その間。
反発し、
それでも安心したような唇。
さげすみに満ちた、
自己を嘲笑する唇。
愛を、人の温もりを求める
絶えず呼吸を続ける唇。
不安に平静を失い、
上下を合わせることのできない唇。

そして、力のこもった、

一線を描いた唇。

男は頷く。

周囲に、

光を発し

うねる貪欲な蛇の群が迫る。

蛇の下の生命が、

押しつぶされ、
生命を抜き取られ、
干からびて
大地の上で眠っている。
無慈悲な地上の炎の海で舞っている。
金属の接触する刃物のような音と共に
時間が、
終わりを告げた。

鋼鉄の鎧の中に少年は居る。
全ての人々に別れを告げて。
過去の風景に別れを告げて。
涙を、絶え間なく頬に伝わらせて。

男は巨大な鎧に凭れる。
そして、糸の切れた操り人形のように、
その場に崩れ落ちる。

満足げな、

悲しげな、

愛を貫いた男の表情が、

そこにはあった。

彼の中だけでの、

大切な思い、

大切な真実。

……そして、時間は、

彼を、永遠にその場所に置いた。

しばらくの間。

耳も目も、何もかも塞いだような少年。
しかし唇には、まだ強い決意が残っている。
今より少年だった日の思い。
青白い空へ向けての、
飛翔。

あの、空の、向こうへ。
空の、ぼくの、大地へ。

最終章短編集　星に浮かぶ瞳

開幕の序文

ここまで自分を運んでくれた、
僕の好きな人と、
痛みと、
僕にまつわる全ての環境に、

心から感謝を捧げます。

それが、生きていくことだと思うから。

99年、自宅の一室にて

ハッピーバースデイ・トゥ・ユー

パトリック、元気ですか？　いい子にしてますか？　おばあさまのごめいわくにはなっていませんか？

一年間もお手紙を出せないでごめんなさい。お手紙はとっても高いの。わかってちょうだいね。でもその代わりね、今度お休みをもらってそちらに帰れることになったの。パットのお誕生日までには帰れるわ。その時にはお祝いをしましょうね。パットの大好きなキュツァ鳥の肉も買って帰るから、楽しみに待ってて。パトリックはお手紙をおばあさまに見せるのとってもいやがるけど、これだけは伝えておいてね。パットはもうすぐ九つで、りっぱなお兄さんなんだから。

お父さんのぐあいはどうですか。パットがいい子だから、きっと元気ですね。お父さんやパットやおばあさまに会えるのを楽しみにしています。じゃあ、あまり書くこともできないからあとはおうちに帰ってからお話ししましょう。体には気をつけてね。

お母さんより、愛を込めて

そう書いたことを思い返してエウルカは満足げな表情になり、郵便受けに入れると、今来た道をそそくさと引き返して行った。会うためには、残りの時間を精一杯働き抜かねばならない。金の入りもあまり良くはないのだが、それでもこの商売にかけては彼女は重大な責任感を背負っている。それは商売というよりも、国から与えられた使命なのだ。

胸に下げられた宝石を握り、残ったノルマに対するやる気を再充填させる。その宝石の反射光は、まるで生き生きとしてはずむ彼女の心が見えてくるようだ。ふと心にかかったもやが、エウルカの心を捕らえたらしい。ほとんど反射的に、エウルカは空を見上げていた。

あの人は、今どうしているのかしら……。手で太陽光を遮りながら、エウルカはそんなことを思った。空には思い出がある。子供の頃に空はいつもあった。恋した日々に空は輝いていた。でも、それから先の空は……。

エウルカは諦めたように首を軽く振ると、空を見上げるのを止め再び歩き出していた。人々の夢。夢見た人たち。ある時期、人々は遙かな無限の宇宙を夢見ていた。宇宙旅行。宇宙人。エウルカも少女の頃から時折そんなことを空想してきたが、それが現実になろうものとは露にも思ったことはなかった。しかし、人類は宇宙船という小さな道具で、宇宙への旅を可能にしようとしていたのだ。

あの時は生まれたばかりのパトリック――この頃には、本当は女の子を望んでいた夫が、パトリシアという名前を捨てきれずにいて、そこから仕方なく妥協案としてこの名前をつけたのだった――を抱いて、子供のようにテレビの前ではしゃぎ回っていたものだ、それが一家団欒の最後になろうとも知らずに。

『星空を駈ける希望』、ロウ・ズ・エルという、宇宙開拓委員長の演説の中の言葉を採った宇宙船は、人々の期待と眼差しを一身に受けて、轟音と共に天高く飛び上がっていった。

夫は、何だか不満がまだあるらしく、テーブルに悪態をつき酒とおつまみのスナックを囓って一人でふんぞり返っていた。

エウルカは、そんな夫を後目に「あーあ、もうちょっと給料がもらえてれば、生で宇宙船が見られたのになあ」と、テレビに映った観衆を見て一人でぐちっていた。その時だった。

けたたましい爆発音が、直接耳に飛び込んできた。地震が直撃したような、そんな衝撃だった。爆発音が収まるまで、エウルカはパトリックを抱いたまま床に伏せていた。

それが収まり、いったん辺りが静まり返ると、今度はパトリックの泣き声が耳をつんざいた。

「いったい何だったんだ……?」

夫は酒びんが倒れて全てこぼれて台なしになってしまったのにも気づかずに、唖然として立ちつくしていた。

エウルカはそれに答えずに、泣き続けるパトリックをあやしながら、視線をテレビの方へと戻した。

そこには、それが当たり前だとでもいうように、何の映像も映っていなかった。

「こりゃあ、大変だ!」

夫の言葉に振り返ると、彼は二階の自室に駆け上がっていった。エウルカは何が起こったのかさっぱりわからず、ただ茫然自失とパトリックをあやし続けた。

しばらくすると、夫がいつもの仕事着姿に着替え終えて戻ってきて、玄関から外へ出ようとした。エウルカはそこで突然動物的な不安に襲われ夫に叫んでいた。

「どこに行くの!? 外は危険よ!」

しかし、夫はそれに構わずに行ってしまった。

「君はここにいるんだ! すぐ戻る!」

それきり、エウルカが夫の健康な姿を見ることはなかった。

言われた通りにエウルカは待った。

一ヵ月待った。

二ヵ月待った。

三ヵ月……待った。

しかし、夫は帰って来なかった。

エウルカは不安で不安で毎日泣きながら眠った。

テレビ放送は復活した。エリクエク・エスタルの国営放送だ。放送は、三ヵ月経った今でもあの宇宙船爆発事故のことで持ちきりだった。

「宇宙船爆発により蒸発した大陸に海水が流れ込み、水位が著しく低下したため、今では海洋生物の五〇パーセントが、死滅したと科学者たちは見ています」

「アーキ側のこの事件の責任追及のため、アーキ側に対し世界ではあわただしい抗議の動きが見られます。人々の間では戦争を危惧する声も上がっています」

「世界の空は浮遊性有害物質ディオニス＝キプスに徐々に犯され始め、あと一ヵ月もすればエリクエク・エスタル上空を覆い始めるだろうと見られています。政府側は、……」

ニュースキャスターの夫が映ってはいまいかと期待してみるテレビだったが、その期待はことごとく裏切られるのだった。こんな暗いニュースばっかり。その上あの人は帰って来ない。変な事件に巻き込まれてなけりゃいいけど……。不安は募る一方だった。

しばらくして、夫が帰って来た。ひどく体はぼろぼろになっていた。見るなり、エウルカは絶叫して気を失った。

そして次に目が覚めたのは、薄暗い白い部屋のベッドの上だった。窓から外を眺めると、一面鮮やかな夕焼け空が広がっていた。とても鮮やかな夕焼けだった。

「わあ、綺麗……」

エウルカは自分の置かれた状況も考えずうっとりした。だが、夢心地はすぐに打ち切られてしまった。

「世界はもう地獄ですよ、奥さん……」

エウルカは我に返ると、自分が仕事場に戻って来ていることに気づいた。久し振りに我が家へ帰ろうというのに、気分は沈んでしまっていた。これから来る幸せを思い浮かべ、自分を奮い立たせると、エウルカは自分の成すべきことをしに行った。

歌うこと。それはどんなに素晴らしいだろう。辛いことも、悲しいことも、歌を歌うだけで全て洗い流されていく。引っ込み思案だった小さな少女の心を、どんなに励まし羽ばたかせてくれたことだろう。エウルカは、今もこうして歌いながら、自分の中でもその行為を賛美していた。

しかしその彼女をまるで神を崇めるように、狂信的にとりつかれたように焦点の定まらない聴衆の瞳が、彼女には悲しかった。ほんと、これじゃ偶像か道化ね。それがあながちはずれでもないことは、もっと悲しかった。

こんなことを、夢に思い描いていたんじゃない……。彼女の心は昔から定まっていた。歌で人々の心を潤したい。歌うことで人々に辛さや寂しさを和らげてもらいたい、幸せを分かち合って欲しい……。そうした思いがあったから、ずっと〝歌姫〟になる日を夢見て生きてきたのだ。

歌姫。シンガリオ・ロウ・ザ・リーフ。この国、エリクエク・エスタルで最も名誉ある地位。この国には、栽培に適した土地、また産業の発達、その他の鉱物や資源など、他の国との交易となりそうな物に乏しかった。それ故にこの国に発達した物は、人々の内側から発する物、その一つの形としての音楽、特に歌だった。

他の国は、そうした人の心を浄化し潤してくれる物、いわゆる美と名づけられるものについて乏しかった。特に『力と炎の礎』、アーキ・ファルファという一帝国は、技術至上主義を掲げそうした物にひたすらに情熱を注ぎ込んできたため、この美の国と出会うまではその存在にすら勘づいていなかったほどだ。

それは世界という世界に広まった。他の国の技術と組み合わせ音を機械に記録できるようになってからは、その急速な浸透ぶりは目覚しい物だった。そうした経緯が、エリクエク・エスタルを巨大な都市へと発展させたのだ。

誇り高い、守るべき文化なのだ。そう信じてきた。憧れていた。だが彼女の手にそれが届きそうになった瞬間、そのガラスのような澄んだ文化は、あまりにもひび割れた、その目的を失った物となってしまった。

世界の閉塞の時代。美しき惑星の肉体が、赤黒い血で覆われてしまっている時代。ありとあらゆる生命が、その活動を内へと押し込められてしまった。国と国とでお互いに補完しあうことが封じられ、人々は自分の国の中にのみ生きていくことしか叶わなくなってしまったのだ。そして恐らくは永久に。

自らの力だけでは生き延びていくことの叶わない、脆弱で巨大な子供。透き通ったガラスの体の中から優しく仄かな光を放つ、哀れで儚い少年。それが痛みに包み込まれた世界に突然投げ出された、この国の姿だった。食べていくための食物もなく、現在の発展を維持するだけの力も資源もない。あるとすれば、時折見ては忘れかけていた笑みを再び取り戻す、人々の内の弱々しい炎だけだった。

数少ない希望を絶やさないために自らを提供するのが、今の彼女の仕事だった。だが、そこにある隠すことのできない違和感は、彼女に自分が何処か別の場所に遊離しているかのような感覚にすら陥れ、彼女に苦しみとむなしさを与えるのだった。

それでも彼女は耐え、餌にすがる虫のような弱者に向けて、必死の対話を試みていた。人々の再生を強く願う思いを訴えていた、エイラさんなら、きっとそうしていたでしょうから。彼女は憧れの歌姫のことを思った。彼女もまた、弱者の一人だった。

あれから何日間か仕事を続け、精も根も疲れ果てたようになって、エウルカは帰路についていた。何だか、枯葉になっちゃったみたい。思春期にダイエットの効果でやせすぎてしまった時、通っていたアートルラム女子聖歌学校の同級生に全く同じように形容されはやしたてられたのをふいに連想して、エウルカは何だか悲しくなって、苦笑ともため息ともつかない吐息を漏らした。エイラ先輩にも、こんな辛いときがあったのかな……。聖歌、つまり宗教歌を歌っていたからといって彼女が特別敬虔な信者というわけではないが、それでもやはり人である以上彼女にも心のよすがはあるのだった。

以前は舗装されていて、見たりその上を友達と買い物をしながら歩いたりするのが楽しみだった街の歩道も、彼女が親からお金をくすねては毎日のように通いつめていた歌劇場へと続く、おしゃれな街路樹が並んだ色鮮やかなくねくね道も、帰り際訪れてみたが、あまりの変わりように驚きつつも試しにその上を歩いてみたが、やはり昔のような心弾む気持ちがわき起こっては来なかった。もう、ショーウインドーに可愛らしいスカートや羽根つきの大人びた帽子やずっと欲しいと思っていたネックレスや子供の頃だだをこねてねだり続けてもどうしても買ってもらえなかったくまのぬいぐるみは、どこにもない。もう、歌劇場に行くまでのくねくね道で一緒にけんけんぱをした仲の良かった友人たちは、何処にもいない。

少し出てきた風に舞い上げられた木の葉が、彼女の頬をちくりと刺して通り過ぎていった。それだけだったが、彼女はなんども少し刺されただけの頬をさすった。なぜか、その頬は濡れていた。

「……あれ？　なんでだろ？　今ので血が出て来ちゃったのかな？　あれ？　あれれ？　おかしいや、そんなの。あはは。おかしいよねそんなの、おかしいよ、そんなの……」

彼女はその頬を押さえたまま、一人けんけんぱを始めた。

エウルカは、窓の方に寄りかかり、誰の視線も見ないようにして、アーキ・ファルファ製の国内用高速ワンウェイ・リフトのシートに腰掛けていた。といっても、乗客は彼女のほか二人しかいない。五十人はゆうに座れるだけのスペースを持ったリフトの中の空間が、まるきりそこだけ静止してしまっているようだ。

なんとなく耳障りな音があるのに気づいて、エウルカは視線をリフト内に泳がせてみた。同世代ぐらいに見える若い女性が、泣き叫ぶ赤ん坊をあやすのに苦心している。町に買い出しに出てきたのだろう。座席の横には買い物袋が山と積まれている。

「うるせえぞバカ野郎！」

突然濁った目の中年男性が声を張り上げた。たぶんこの人はいつだからというんじゃなく、お酒を飲んで酔いつぶれた人だろうな。世界に振り回されているのね。かわいそうに……。服装が意外ときちんとしているのが、その泥酔の程度を際だたせていた。

目を戻すと先ほどの若い母親が、その男に向かってしきりに頭を下げている。男はまだ何か小声でぶつくさ言ったが、それきり大声は立てずいびきを立てて眠ってしまった。

エウルカの興味がそれるのと同時に、彼女の目はまた窓の外に向けられていた。リフトはきしる音も立てず、静かに動き出した。

リフトが高い位置にあるのでこの窓からは町を一望できるのだが、エウルカはそんな気分ではなかった。彼女の心は、今はまだ遠い故郷に向けられることもなく、何かに高ぶることもなくただ静かに彼女のうちに佇んでいた。

しばらく、リフトに揺られて長くけだるい時間が過ぎる。今はエウルカも少し落ち着いて、温かい我が家のことを思った。パトリック、どれくらい大きくなったかな。元気かな。お母様も健康でいらっしゃるかしら。あの人は、幸せにやっているかな……。

パーティ、パーティをしてあげなくっちゃ。とびきりおいしい料理を作って、パトリックと一日中遊んであげよう。エウルカの顔にもやっと安堵の表情と微かな笑みが浮かんだ。

キュツァ鳥を買っていなかったことや、パトリックが母親に手紙を見せたかなどということを考えるうち、視界に揺れる白い物があるのに気づいた。それが何であるか見定めるのには、それほど時間がかからなかった。

「雪……、雪だ……」

可愛らしい小振りな雪が、ゆっくりと舞い落ちている。そう前から降っていたのではないらしく、町はまだ乗った時に見た姿からあまり変わった様子にはなっていない。

「わあ。綺麗だなあ……」

さっきまでの母親を意識した考え方はうすれ、彼女の心は少し、少女というよりは子供の方に傾いていた。窓に手をついてうっとりと眺めている。

そう、こんな雪が降った日だったっけ。あたしが必死で泣きじゃくってて、お母さんがなだめてくれてた時、お父さんは、顔が見えなくなるくらい、おっきなおっきなくまのぬいぐるみを持って帰って来たんだわ。あたしの誕生日に、二人して雪を頭から肩から体中にどっさりかぶって！　あたしはそれで嬉しくて嬉しくてしょうがなくって、そのくまのぬいぐるみを持って外に駆け出して行って、結局泥んこにしちゃったんだっけな。でもお父さんは言ってくれたわ、「お前がそうやっていつも元気いっぱいでいてくれるのが、パパたちへの最高のプレゼントだよ」って、頭をなでながら。

エウルカの暗い気持ちは、全部雪に洗われてしまったようだ。そうだ、パトリックの誕生日もあたしのあの時のと同じくらい、とびきり素敵なのにしてあげよう！　めったにかまってあげられないんだもの、少しくらい貧しくたって、ぱーッと盛り上げてあげなくっちゃ！

そう思いながら、エウルカは、いつものように頭の中で手紙を書いていた。経済上の理由で、また、この国の窮状のために、手紙は彼女には簡単に手の届くものではないのだ。それでもいつでも彼女は、パトリックへ宛てた手紙を、頭にいくつも持っていた。いつかそれらを全部書くことのできる日を、エウルカは夢見ていた。

頬にまた液体が伝っているのを、彼女は気づいていた。だが、今度のそれは暖かい滴だった。

パトリック、見ていますか？　お星様を見るのが好きなパットですもの、きっと好きになるわ。ほら、綺麗でしょう？　これは雪っていうのよ。ひとつ手にとってごらん。とても冷たいでしょう？　でも、見ているととってもあったかい気持ちになるでしょう？　きっとこれはね、神様が言って下さっているんだわ、「小さなことにくよくよするんじゃない、いいこともいっぱいあるんだぞ」って。雪には神様の真心がつまっているのよ。あたしたちが元気に生きていけるように、あたしたちが幸せに暮らせるようにって。それとも、パットがいい子にしてたから、神様が贈り物をしてくれたのかもしれませんね。

うふふ、パトリック。きっと手紙じゃ物足りないわね。おうちにもうすぐ帰るから、ちゃんとそれまでいい子で待ってるんですよ。じゃあ、さようならパトリック。

あなたのお母さんより、愛を込めて

花火

報告しまーす！　エーと、あたしＡＭＨ―００２Ｔは今、みんなと一緒に山道を――座標でいうところの、Ｎ40.2、Ｗ55.3です――歩いているところです。指令塔のみなさんが心配していた、Ｎ39.9、Ｗ54.7の崖のぼりの所で落ちてしまった人は誰もいませんでした。みんな無事です。嬉しいなあ！　これからＮ41.6、Ｗ55.5の川を渡ります。みんな無事に渡ってくれるといいんだけど。

では報告を終わります。以上AMH―002Tから指令塔へ。がんばります！

キャステは手首の外側についた小さな黄色のスイッチを押して、下腕部に内蔵された音声記録装置に吹き込んだ報告を、アーキ・ファルファの指令塔に転送した。グイングインと腕の中で何かが回転するような音がして、しばらくしてから報告が完了したことを知らせるチリリンという軽快な音が、キャステの耳に心地よく響いた。キャステは少し自分の過去のことを思った。この涼しげな音は、母国のアーキ・ファルファでの、自分の家の季節の風物を模した音色なのだ。

キャステは生まれこそアーキだったが、しかしその環境は他の周りの子供と比べて違っていた。だんだんと他の文化、食の文化や芸術の文化など、自国に於いて乏しかった物もろもろについて、アーキ・ファルファは子供がするのと同じくらい夢中になって吸収していたのだが、それでもまだその扱いについてあまり慣れてはいなかった。そんな環境にあってキャステが思う存分芸術に触れることができたのは、エリクエク・エスタル出身の母の影響にほかならない。

『輝ける真実の光』という名を冠する国は、他国から引っ張りだこの状態だった。この国で歌姫と呼ばれる地位につく女性たちが、その最たる物だった。他国からの要請に迫られ、また異文化への興味などから、他国に移住する彼女たちの数は徐々にその数を増してきていた。もちろん諸国は彼女らを歓迎し、一時期はそれが加熱しすぎて「いつかは歌姫」と謳う熱狂的な男性が増えてきて、それに業を煮やした地元の女性たちが腹いせに他国へと移住してしまうという始末だった。そういう顛末で、なぜだか女性という種族の中でだけ丁度良く国際化ができてしまっていたのだった。

それでも親にエリクエク出身者を持つ子供は、アーキの中では珍しかった。そして彼女の母親は移住してくる時に自国の様々な品々を持ち込んでいたため、キャステはおもちゃ貧困にあえぐアーキの中にあってそれに飢えを感じたことがなかった。といっても、そもそも子供というものはそれがないならないで自分で作りだしてしまう遊びの天才発明者ではあるが。

風に揺られてさきほどのチリリンという音を出す、糸に吊るされたまん丸い水晶球も好きだったが、可愛らしい音楽が封じ込められた赤い宝石が、キャステのいちばんのお気に入りだった。これは母親が仕事の時に首にかける代物であったらしいが、いつの間にかキャステが遊ぶ時に首からかける物に変わっていた。一日中、その宝石に音楽を奏でさせて外をスキップしながら歩き回るのだ。実際の所、音楽の伝道者は彼女なのかそれとも彼女の母親なのかは、よくわからなくなっていた。ただ片時も肌身離さず持っていたそれが、心ない人に奪われたりしなかったのが不思議だった。きっと、その宝石の旋律にはどんな人間の心も和ませてしまうような、素晴らしい魔法があったのだろう。

こうしてアーキのためにとある場所に赴く旅路の中でも、その宝石はちゃんと首から下げられていた。もちろん、音楽は凍りつくような赤黒い周囲の空気をほぐして鳴り響いていた。それは丁度、彼女の弾けそうな気持ちが表れているようでもあった。ちゃんとこのお仕事さえ済ませちゃえば、お母さんに会える！


何に腹を立てたのか、キャステはむっすりとふくれ顔で、肩を、純銀の鋭く光る鋼鉄の肩をいからせながらひとり草原の中を歩いていた。何よ何よ何よ！　どうしてあんなに冷たくなれるのかしら！　「済んでしまったことはしょうがないのよだって！　アイセルったらちょっと番号が上だからって調子に乗ってるんじゃないかしら！」彼女なりにいろいろな物を抱えているらしい、ここはそうっとしておいてあげよう。

だんだん前方に深くて暗そうな森が見えてきて、キャステは少し身震いした。ただでさえ、もう仲間の所に合流しようとか、アイセルと仲直りしたい——本音のところではそうなのだが、彼女はそれを認めるはずがない。彼女が言うには、もう反省した頃だろう、許してやるかというこどだそう——とか、そんなことを考えていた矢先だったので、いつもの彼女だったら、回れ右して仲間たちの所へ戻っていただろう。だが今日の彼女はいつもとは違った。何しろ、あんなに衝撃的で悲しい光景を見てしまったのは、初めてのことなのだ。

アイセル……。あんながんこなおじさんとわからず屋のおばさんに育てられちゃったから、あんなへそ曲がりな子になっちゃったのね、かわいそうに……。なにか、先ほど少し考え方を変えながら、キャステは親友のことを考えている。いつもなら見かけただけで飛び退いてしまいそうな、だいの苦手の緑の光の粉を飛ばす小さな飛び虫のそばを通った時も、彼女はてんで気づかぬ風だ。通り過ぎて行く彼女を、虫も不思議そうな目で見ている。

森に入ってあたりの視界は急に暗がりに覆われた。しかし、それは結局彼女の連想癖の手助けをしただけのようだ。子供の頃から――といっても今でも十分それと呼べるが――、キャステは外で遊び回る子供だった。自分の親が両方とも外出がちだったことや、旧友のアイセルの家の親は異常なまでの技術狂で、機械いじりばかりしていて二人に構ってくれないどころか追っ払おうとするしまつだったことなどがあって、二人の居場所は、必然的に太陽の、不健康な録画された偽りの太陽の下に限られた。キャステもアイセルも、他の全員の子供たちと同様、この太陽が好きではなかった。ひらけた遊びの舞台に明るい光を添えてくれるこの子供の味方であるはずの物は、その嘘も、やはり同じく子供によって見つけられてしまうのだ。

そこで二人はちょくちょくと、この太陽を遮れる場所へとおもむいた。遮れるなら何処でも良かった。「ネズミごっこ」と称されたそれは、縁の下からのき下から、木のかげや、先ほどの飛び虫に顔面に飛びつかれたこともある草原の中や、時にはその名の通り下水道にまでおよんだ。泥んこになって随分と怒られた気もするけれど、その時のウキウキする気分は、今も彼女は忘れてはいない。

たしか、あれはそんなことをしていたある肌寒い日の夕方のことだった。さんざんいろんな所をうろつき回って、しまいには自分たちが何処にいるのかもわからなくなって、それでも熱中してさびれた裏通りの一つを入った所にある鉄とかび臭い廃ビルの中で、ガンガンと階段を踏みならして遊んでいた。そうしているうち、突然見知らぬ何者かに肩に手を置かれた時は、さすがのキャステも背筋に寒いものを感じたが、その人の妙に温和な顔と、そして何よりその言葉が、キャステを安心させた。

「ねえ、お嬢ちゃんはお母さんに会いたくないかい？」

そのあと、アーキの外の世界を見せてくれるということや戦争ごっこをさせてくれるということに、二人はすっかり興奮してはしゃぎ、そして……、そして、二人は今に至っている。眠らされて、目覚めたとき体じゅうに妙な重くて機械のようなものがついているのをキャステは変に思ったが、正常な判断をするには興奮しすぎていて、キャステはそれどころではなかったのだ。ここ数日は本当に全く顔を見せてくれない母親に、少しでも早く会いたかったのだ。キャステは、ネズミごっこの時たとえ太陽を遮れるからといって決して行かなかった、暗くて寒い我が家に、家族みんなが揃って集まるところを想像した。それだけで、キャステは胸が高鳴って嬉しくなってきてしまうのだった。

あの時、何でアイセルは一緒にアーキの外に行くって言ってくれたのかな……。本当に戦争ごっこをしたり外の世界を見たりしたかったのかな。あの時、仲間のみんなが川を渡る時に流されてしまった時、アイセルが見せたあの辛そうな瞳は、ただの冷たい人間のそれとは全然違う気がする。

「ちょっと、大人げなかったかな……」

あまり反省していないような口調で、彼女は後悔を口にした。そういえば、随分と森の深くに来てしまったようだ。あたりの空気も大分冷え込んできている。やれ戻ろうかと回れ右しようとした時、彼女の体はバランスを失った。

「れれっ?」

ドシンっ、と思いきり良く尻もちをつく。慣れない体が彼女の自由を奪っているのだ。

「つつっ……」

年がいもなく、尻から腰にかけてからだがズキズキと痛む。そんな自分がおかしくて、彼女は思わず年老いた自分を演じながら起き上がる。

「どっこいしょ……あ、れ?」

彼女は自分の年寄りじみた発言をすぐに後悔した。起き上がり目を向けたそこには、不安げな表情の青年が彼女をじっと警戒して見ていた。

何より彼を安心させたのは、キャステの首に下げられた宝石から流れ出るその懐かしい音色だったらしい。キャステが見るうちにもその青年のかたく強張った顔は和らいでいった。キャステの方はといえば、表情をころころと変える青年を前に、いったい何をしたらいいものか考えあぐねている様子だ。いまだに絶えず強張った笑みを浮かべている彼女の表情は、今の青年の微笑みとはひどく対照的だ。

だがそんなキャステにも、次の言葉を告げるチャンスが訪れた。

「あ、あー！　そ、その宝石って……あたしのに、そっくり……」

そう、奇遇にも青年の首にかけている物もまた、キャステの物に瓜二つの宝石だったのだ。

ぐう……。時刻が今実際にどうなのかはわからないが——キャステは、さっき見ていた空がずっと赤かったので、本物の夕方はずいぶんと長いなあと思っていて、時刻の感覚をもう失っていた——、でも確かに彼女の高度に精密な腹時計は、ちゃんと時を刻み続けていたようだ。聞き間違えようもないこの可愛らしい小さな音が、その動かぬ証拠だ。キャステは、何も金属などのついていない自分のお腹のあたりを軽くなでた。ああ、何でもいいから、いやややっぱりキュツアーが一番だけど、とにかく何か食べたいや……。

キャステはそーっと青年の方を見ると、やはり今回も彼女の失態は見つけられてしまったらしい。今までハープを自由自在に吹いていたはずの口元は、今度は微笑みという別の音色を奏でている。キャステはちょこっとドキッとした。しかしそれ以上に、彼女の胸は恥ずかしさで一杯だった。少し芽生え始めたそんな女心をまるで知らぬ風に、彼女のお腹は厳しくしかるべき処置を要求するのだった。ああんもう、キュッアーなんていらない！

少しその後沈黙が流れた。それというのにも訳がある。二人は言葉で何かを交わすことが許されていない、つまり、二人とも別の言語を持っているのだ。先ほど出会ってから二人が理解し合ったことといえば、二人がエリクエク・エスタルの宝石を持っていること。この青年はエリクエクの出身らしいが、キャステは生粋のアーキ人だということ。それだけだった。そして会ってから今までは、キャステはこの青年の奏でる、自分の宝石の曲と全く同じものを聴いていたのだ。別に、聴き惚れていたとか、青年に見とれていたとか、そういう風ではない。アイセルの所へ戻ろうと考えていてそわそわしていたが、外の世界を見に来たからにはやっぱり、この青年には目を離せないところがあったし、あの宝石は何だろうと考えていたことなどがあって、キャステはどっちつかずの状態だったのだ。

しかしこの恥ずかしい腹時計の音は、良いきっかけかもしれない。そう思った彼女は、ここで帰ることに決めた。

「あ、あたし帰ります！　どうもありがとうございました！」

アーキの言葉を修得していたので、エリクエクの言葉はあまり話さなかった母からからかろうじて習っていたエリクエクの基本単語を駆使して、キャステは何とか意志を伝えようとした。下げた頭をそーっと上げると、少し青年は寂しげな表情をしていたが、意志は通じたらしく、何かひとこと言って納得したように頷いて見せた。きっと別れの言葉だろう。何だか母親からも同じような言葉を聞いたことがあるような気がして、キャステは急に寂しくなった。ううん、そんなことない！　これから、この仕事を終わらせちゃえばすぐに会えるんだから！　キャステは自分を奮い立たせた。

仕事……。はるかかなたのエリクエク・エスタルに「行く」こと。そうとだけ言われている。それが戦争ごっこだと、そう言われている。それって、おもしろそうじゃない？　だって、戦争ごっこって、ただ戦争のふりをし合うってことなだけでしょ？

キャステは、今キュツアーのことを考え、それをどうやって食べれば良いものかと思い始めた。キャステは自分に口がないことを知っている。そう、そんなもの最初からないんだ。でも、じゃあこのキュツアーっていったい何？　何で、あたし食べられもしないのに大好きなの？　それに、お母さんと一緒に歌った、あの歌は、口があったから歌えたんじゃなかったのかしら？　でも、あたしには口なんて初めから……あれ？　あれれ？　あれれれ？

突然、後ろから誰かに抱き締められた。身体全体を覆う鋼鉄越しに、その人の体温が伝わってくることはなかった。だが、確かに、こんなことがむかし間違いなく、いつか、どこかであったことを思い返した。誰か、大人の、温かい人に、こうして抱き締められた記憶が、片隅に埋まっているのを、彼女は思い返していた。

ほろり、と小さな液体が、今では冷たく光るだけの頬を滑り落ちた。彼女は、それが何なのか知らなかった。でも、それを流したくないということは、彼女の胸に刻まれていた。そうだよ、だって約束したんだもの、あの時、もう一人で生きて行かなくちゃいけないんだってわかった時、ちゃんと約束したんだもの。あたし負けないよ、あたしは、大丈夫だよ、お母さん……。今では意味もわからないこの単語を、キャステは何度となく繰り返した。


森を抜けた時、弱々しい風と同時に視界がもうすっかり暗くなっているのを感じ取った。夜、だ。これもアーキの中と変わんないんだなあ……。意外に外の世界に平凡を感じて、彼女は少しがっかりした。しかし、自分がその中に立っていることをすっかり忘れていた草原は、彼女の期待を裏切るどころか、それ以上に、素晴らしい物だった。

「うわあ……」

あたり一面、見渡す限りに、緑の灯りが明滅している。それが何による夜の芸術であるのかは、彼女には一番よくわかっている。こんな光景を一度でも見せられていたなら、彼女が彼らを嫌うことはなかったに違いない。

「アイセルにも、見せてあげたいな……」

その彼女の言葉に呼応するように、夜空に一筋の光が舞い上がっていくのを、彼女は見た。

まるで、夜の中の数少ない光を集めた、全ての人々への、微かな灯火のようだと、彼女は思った。

最後の物語　雪降る野原に、愛を繋いで

第四幕

刃物

少年と、刃物。

少年は、起き上がった時、その手に持っていた金属を少しずつ少しずつ、研ぎ澄ましていきました。なぜ、その金属を握っていたのか、なぜ、削っては削っては涙がはらはらと零れ落ちるのか、少年は全然わからないまま、金属を削り続けました。

少年は、空を見上げてみます。しかしそこには、あるべき何らかの色はなく、その代わり、まっ白な空気だけが、少年を囲んでいました。見ると目が沁みました。だから少年はひたすらうつむいて、一心に金属を削り続けました。

夜が来ることがありました。本当はいつも来るものだったのですが、少年は、それを知りませんでした。いつであろうと、何処であろうと、少年は金属を研ぎ続けました。

一度、少年は金属で手を切りました。舌で、その傷をなめました。

その金属で、少年は生きていくことを学びました。その金属で、少年は生きていく力を得ました。そしてその金属が、少年に大切なことを教えました。

もう少年に金属はいりません。なぜなら、それは刃物だから。もう、痛いということは、十分すぎるほど学んできました。もう、あんな思いはしなくても、もう平気なんです。大きくなった少年に、もう金属はいりません。なぜなら、それが刃物だから。

第五幕

青空

眩しいほどの快晴

俺は時々思うんだ。なあ、お前はどうして、ここにいるんだよってさ。

地上って呼ばれてる場所を歩き回っても見たけれど、もうどこにも俺がいていいみたいな場所はなかったよ。あくまで俺の場合だぜ？　それだけの話だけどさ。でもよ、笑っちまうよな。じゃあ何が悲しくてこんなとこにいなくちゃいけないんだよ。お前がここにいてくれって言ったから？　こうまでされて、それでもここにいるのが立派だって、言われたんだっけ？　冗談じゃねえよ。なあおい、冗談じゃねえんだよ。俺は、俺は絶対に、そんなことのためにここにいるんじゃねえんだよ！　違うんだよ！　絶対違うんだよ。ホントに、ホントに、違うのに、なんで、何でだってこんなとこに、こんなとこに……。

気怠い曇り空

……お前、俺のことを見てるかい……？　見えるかい？　俺がどんなねじ曲がった顔してるか、見えるかい？　俺が空気を震わせてるのが、わかるかい？　――ああ、お前はいつもこれを奴らの言葉で〝聞こえる〟って言ってたっけ……――それとも、もう見えちゃいないのかい？　お前のさっきまでの小さな目ン玉は、もう、ダメになっちまったかい？……それも仕方ないさ、たぶん、そうなっちまうのが流れだって、そういうことなんだろうさ。

終末の明るき夜

……もうダメだな。なんて言うんだろうな、その〝しおどき〟ってのが近いみたいだよ、へへッ。でもよ、俺もお前もよ、良くやったんだと思うよ。だってよ、こんなにお互い、押し潰しそうになってんのに、それでも何とかそいつら――イノチ？　――を、繋いできたんじゃないのかい？　そうだろ？　だったら、それでいいんだよ。たぶん俺たち、――ああ、最後に〝俺たち〟って、呼ぶことができたな――が、やってきたことは、誰かさんが見て、誰かさんが知って、……それで、それできっと、ずっと消えずに、残って行くに、決まってるぜ……。

青く、ただそれだけの光

……………〝死〟？　死ってのは、こんなに青くて眩しくて、力強いものなのかなあ……。どう思うよ？　もうそんなこと、考える時間も、力もお互いありゃしないか。でもよ、言わせてもらえるかな？　もしもお前さえ、構わないならさ。結論からいって、俺はここにいて良かったんだなって、思えるようになったよ。死んだからって、きっと何も変わりゃしないんだ。ただ、減るかもしれないものがあるだけでさ。でも、結局はどこかでまた生まれるものがあるわけだろ？　――そう、奴らに言わせりゃ〝リンネ〟ってとこだ――そうゆう時にさ、俺たちは……何か、残すことはできるのかなあ？　本当に、何か見てくれるやつはいるのかなあ？　見てくれないようだったら、もしもそんな皮肉なリンネが続くようだったら、俺たち、いや、きっともっと無数にいるはずの俺たちと同類の奴らは、それで、終わりになっちまうのかな。ただ見守ってるだけなのかな？　……きっとそんなことないよな。でもよ。悔しいよな。俺たち、何もできなかったな。見てるだけでさ、破壊されていくのを見ながら、ただ存在しているだけでさ。でも……俺はこう思ったんだ。存在しただけでもさ、こうやって結局は破滅させちゃったけどさ、ちょっとした短い間でも、こうやって奴らを繫ぎ止めてきたってのは、きっと良かったんだよってさ。へへっ、柄にもねえよな。じゃあな、ありがとよ。最後にわかりあえた、それだけは嬉しかったぜ。

第六幕

灰色

「……お前、ちょっとそこにある新聞を取っとくれよ」

「……？　新聞って、あなたの手にある、その新聞のことですか？」

「ん？　ああ、何だ本当だこんな所に。いや、最近すっかりボケが激しくなってしまったようだよ」

「（笑い声）やですよあなたったら」

「いやすまんすまん。あいつがいなくなってから、何だかすっかり老け込んじまったみたいだよ」

「（沈黙）」

「（同右）」

「（吐息）そうだった、そうだったな。これは言わない約束だったな」

「ええ、もうあんな恐ろしいことは、思い出さない方がいいわ。私たちには、とても耐えられることなんかじゃないんですから」

「（沈黙）」

「（同右）」

「なあ、耐えるって、どういうことなんだろうな？」

「（振り向く顔）え？……どういうことって、それは……」

「たとえばだよ、たとえば。たとえば、この新聞紙は、いったい何に耐えているのかな？」

「やめてください！　変な冗談を言うつもりだったら、あたし……」

「いやすまんすまん。ちょっと思うことがあったものだからな。そんなつもりは全然ないんだ。だが、ちょっと言わせてもらえるかい？」

「……」

「……変な気分にさせるつもりじゃ、なかったんだ。許しておくれ。（うつむく瞳）……たとえば、だ。この新聞。この新聞はさ、心なんかないじゃないか？　だからこれは、印字される痛みも知らないいし、こんな不祥事を体中に埋め尽くされる恥辱も知らないいし、手に取られ、捨てられるまでの、そのあまりの短さも知らない。その後新聞は、収集され処理場まで運ばれて、熱却されるだけだ。そんなむごい刹那の一生も知らないで、この新聞はここにいる。何でだろうな？　やっぱりそれも知らないだけだから？　いていいのかいない方がいいのか、そういうことがわからないから？　……どうなんだろう？　本当は、こういうことなんじゃないのかな？」

「（沈黙）」

「（同右）」

「（同右）」

「（誰かの、笑う声）」

「……そうだよ。お前は耐えすぎたんだ。本当は、こんなにいろんな痛みを知ることはなかったのに、本当は、こんなにぼろぼろになるまで生き続けることはなかったのに。お前は、私たちがそうであるように、耐えすぎたんだよ……」

第七幕　羽根

飛んで行くのかい？　誰も止めはしないさ。それはそうなのさ。でもさ、君は本当に、飛んで行くのかい？

そんな汚れて傷ついた羽根で、どこまで飛んでいけると思うんだい？　そういうことを考えさえしなければ、どこまでも飛んでいけると思っているのかい？　フラフラ、そんな風に不安定に飛び続けていれば、いつどこでその羽根にひびが入るとも知れないのに？　ガタガタ震えるその顎が、寒さによるものでは決してないことを知っているのに？

危なくたって、恐くたって、飛んで行けるさ。それは君の自由だよ。自分の好きにしていればいいさ。でも、君は知ってしまったよね。本当に自由になんてなれないんだってことを。自由だと思っているものは、実はただ言葉だけの大きさだということを。自由。どこまで行っても、君は結局自分の檻から出られないんだと、わかってしまったんだよね。

君がそれが自己欺瞞だと思ってる。思ってしまったから、飛んで行かなくちゃいけないんだと思ってる。どうしてなのかも知らないのに、いつも襲ってくるその痛みの原因が実に単純明快であるのも知らないで、君は飛んで行こうと思ってる。行こう、と思ってるんだね。危ないよ、危険だよそれは。今なら、まだ間に合うんじゃないかな。未来の君が、まだいてもいい場所があるんじゃないかな。そんながむしゃらな低空飛行を続けないで、もっと高いとこを飛びなよ。君は本当は、君が今思っているよりも自由なのに。君は空気の色を選ぶ権利すらあるのに。ああ、もう、だめかな。行っちゃったね、バイバイ。君の耳障りな羽音だけはどうか消しておいてくれよ。

第八幕

祝福

え？　こんなに素敵な世界があったんですか？

ああ、あれ！　あのチカチカ光っている明かりの名前は何というのだろう？　もっと近くに来てくれないかな、そしたらお話しできるのに。でも……とっても遠いいや。

じゃあ、あれは？　あそこでクルクル回っている綺麗な幾つかの丸いもの！　ああ、いろんな、いろんな世界があったんですね！　誰かに聞かせてあげたいな、見せてあげたいな、誰か、どなたかここにいらっしゃらないんですか？　あたし、一人なんですか？

どれか、一つでも良いから、あの素晴らしいもののそばに近づけないのかしら？　あんなに綺麗なものが、あるのに、ただそれを見ているだけだなんて……。なんでかな？　あたし、今まで一生懸命やってきただけなのに。まだ、一生懸命やらなくちゃダメなのかな？

ああ、そうだ！　あたしは、いったいどんな形で、どんな色をしているのかしら！　わあ！見たい、早く見たいな。あの全ての綺麗なもののように、あたしも素晴らしい姿をしているかしら？　もしそうだったら……あたし、それだけで十分！

……緑色してる。細長い。……これだけなの？　もっと、素敵なものはないの？　やっぱり、あたしはまだ一生懸命が足りないのね。もっと頑張ろう。もっと頑張って、もっと素敵な世界に近づけるようになろう、もっと素敵な自分になろう。

……あ。今こうして、自分がいることがわかっているこの部分は何かしら。自分の嬉しさや、悔しさや、やる気が出たり入ったりしている、この不思議な部分は何？　こんな、いろんな素敵なことを知ったり、ダメなことをわかったりしている、このいろいろなことが起きているところは、一体なんて名前？　どんな色？　どんな形？　ああ、あたしに知ることはできないのかな？　見ちゃいけないってことなのかな？　そんなの悔しいな。やだな。ねえ、誰か、誰だか教えてくれませんか。あたし、どんな姿をしているんですか？

終局

哀歌

一歩退く。男。女。うつむく。喋る。どちらか。

唾を飲む。あきらかに男。
女。女が喋っている。
女。女が喋っている。
男。耳を傾けている。

見ている。
聞こえていない。
話しかけたいのに、
本当は話なんてどうでも良いのに、
話し、かけることが、できないでいる。
女。女が喋り続けている。

青。比較的白い。
白。あまりにも白い。
青。渦巻いている青。

白。停滞し俯瞰する白。
青。白に浸食されて行く。
白。青を食いつぶす音。
滴るものの音。

男。目を上げる。
女。……話し続ける。
走る！　白がそれを覆う。
男。男が居ない。
女。男に抱きしめられている。
白、そして女。

泣いている。世界が泣いている。
世界の中心で泣いている。
世界の中心で全ての事象が泣いている。
世界の中心で、一人の男が泣いている。
腕の中で、一人の男が泣いている。

えがお。えがおにみたされて。
ひとりなんかじゃないよ。
いつもいっしょだから。
ずっとみてるから。
なかないで。
いつもいっしょだよ。

だから………
いつでもえがおをわすれないで……
さようなら…………。

最終章　雪降る野原に、愛を繋いで

第四幕

A Boy and His Shining Knife

青い空。白さは皆目見られない。先ほどまでのそれは、何処かへ溶け込んで行ってしまった。お前はまた、私に嘘をついていたんだな……。空も、太陽も見上げたくない。もう私に、それらを見上げる意味はない。もう私に、それらに対する思いもない。それら自体の価値もない。そう、そして私自身、生きていこうとする所に、その価値はない。

聞こえるような気がするのは、弱まることもなく、強いこともなく、一定の速度で歩を進めて来た、私の跫音だろうか。耳から入り、頭の中で、かき回すように激しく加速し、聞こえるような音の波が、世界へ広がって行く。意識は薄れない。私の心象は、停滞している。

振り返ると呼べるのだろうか。私の時間は、いまだ存続しているのだろうか。それを立証するのではない。そのつもりはない。ただ、自らの自由意志として、最後に残された生命の余韻として、今この場で、この心、この思いのままに、歩んできたその足跡を、今一度遡り続けてみたい。大河に授かりし命を、蒼き流れの懐に抱かれる中で、再び原初に還そうとする、小さく巨大な水魚のように、もしくは、この上もなく瞬ける白い光の中で、一つの黒点が、回り続けるその周回の最後に、立派で美しい明かりをぼうっと灯すように、何処までも深く、何よりも透明で、白い微かな勇気の証を、この人生の確かな終止符としたい。

第五幕

Infinite Blue

「グリィ！　こっち来てこっち！」

呆れるほどにはしゃぎ回るアイカの元気さには、とてもついていけない。今までの日々に辛く耐え難いことが多くあっただけに、今のこの静かな暮らしが、楽しくてしょうがないのだろう。ただ見ただけで、頬の筋肉が崩れてしまう。

「はは。どうしたんだいお姫様？」

「プレゼントだよ王子様！」

「なんだい？　またこの前みたいに振り向きざま土をひっかけるんじゃないだろうな？　あの時はシャツの中にまで土が入って本当に……」

「違うよう。そんなんじゃないの」

また私はよけいなことを言ってしまった。どうも、最近のアイカには調子を狂わされる。昔からよく慣れている子供らしいあどけないアイカと、成長に伴って現れてきた少女らしいしおらしいアイカとが私の目の前にいるのだ。彼女は今も俯いて恋するような微笑を浮かべている。

「そうかゴメン。じゃあ、何なのアイカ」

「うん。……ほら見て」

「ふふ。グリィおいしい？」

何故こんなことになるのだろう。何故、こんな恐ろしい気分にならなくてはならないのだろう。アイカのプレゼントは、鳥だった。蒼く雄々しい精悍な鳥。これを、彼女が仕留めたというのだ。自らの手で。私が作れなくなってから、コツコツと作り続けてきた矢で。心からの贈り物のつもりで、昔の私の見よう見まねで、ただ、肉を得ようとしただけなのだ。殺すという、動物に死が訪れるということを知らずに、やってしまったのだ。

「うん、すごくおいしいよ」

「よかった。グリィちっともお肉食べられなかったものね。まだまだいっぱいあるよ。あたしは昔いっぱい食べさせてもらったんだから、今度はグリィがいっぱい食べる番だよ」

もういいよ。もう十分なんだよアイカ。君の優しさだけで十分なんだよ。君は世界の真実なんて知る必要もないし、成長してくれる必要だってないんだよ。君は昔の君のままでいてくれれば良いんだ、それで良いんだ。僕は、もう君を傷つけたくないよ……。

「……本当、こんなにおいしい鳥肉なんて、食べたことないよ、はは、はは……」

「グ、グリィ泣いてるの？　おなか痛くしちゃった？」

「……ううん、人間は、嬉しい時でも泣くんだよ……」


「グリィ……あたし幸せ……」

傍らで眠っているはずのアイカの声がした。見ると、愛らしく微笑み眠るアイカがいた。寝言のようだ。安堵のため息をもらす。私が苦しむ姿を見たら、彼女がどれだけ心配することか。これから、どれだけ彼女を傷つけねばならないのだろう。私はそれが恐ろしくてたまらない。幸せになれるんじゃなかったのか？　霧を晴らして、それで、世界は変わるんじゃなかったのか？　それとも、一度犯した罪は、もう拭うことはできないということなのか。

幸せは、どこにあるんだろう。アイカにもらった艶やかな青い羽根を見つめる。昔私が話した物語に出てきた、『幸せの青い鳥』のことだという。それで、獲物に青い鳥を選んだのか。あの話は、私の希望を託すつもりで何度も話したものだ。青い鳥。「そして青い鳥は、もっともっと青い澄み渡った空の真ん中に、嬉しそうに嬉しそうに向かって行きました」か。私は結局、地べたでずっとこの子を傷つけ苦悩しながら生きていくのか。だとしたら、もう生きていたくない。消えてしまいたい。世界に溶け込んでしまいたい。ただし、この子を置いて、絶対にそんなことはできない。この子がいるなら、私は生きる。生きていたいのだ。生きていなくてはいけないのだ。だが、そうすれば私はこの子を傷つける。また私はこの子を壊してしまうかもしれない。なら、いったい私は、どうすれば良いんだ……？

「ねえ、グリィも……幸せ？」

「わあ。綺麗な水だねグリィ……」

久し振りに川を見つけた。朝の陽光が反射して、その水面の美しさは形容しがたい。アイカは川の傍にしゃがみ込んでうっとりしている。純粋に自然を愛でるその姿に、何かしらの痛みが影を落としているようには思われない。そう、君はそれで良いんだ。

昨日は、私は何とかあの鳥の死のことは隠し通した。初めてそれを知るという時に、彼女がそれをもたらしていたというのではあまりに衝撃が大きすぎる。もう少し待たなくてはならない。待って、そして彼女を傷つける姿形のない物を根こそぎ取り除かなくてはならない。

しかし、彼女がこれから繰り返し繰り返し狩りを続けるつもりなのであれば……？　そして何度も無実の罪を重ねた後、ようやく自分の過ちを知らされるというのであれば……？　どのみち、彼女を傷つけることは避け得ないだろう。もう、これ以上そんな物に対処できるだけの力はない。私にも、アイカにも。悔しい……。どうすればいいのだ？　これでは何のために生きてきたというのだ？

いっそ、もう打ち明けてしまった方がいいのだろうか？　そうかもしれない。いつ言ったところで、そう変わる物ではない。彼女が辛いなら、それを受け止める努力をしてみよう。それで駄目なら……それまでだ。

「ねえ、アイカ……」

……？　頬が冷たい。水をかけられてしまったようだ。

「グリィったら、全然あたしのことなんか聞いてないんだから。ふん、どうせ昨日の鳥肉うまかったなあとか考えてたんでしょ。グリィの考えてることなんか、全部わかっちゃうんだからね、べーッだ！」

言うなり駆けてどんどん向こうの方へ行ってしまう。もう、これは取り返しがつかないことなのかもしれない。どんどん遠くへ行ってしまう。もう声が届かないところへ行ってしまう。私はもう、彼女を二度と取り戻せなくなる。そうなることが今は、何より恐ろしい。アイカ。今だけは、もうこれから先はそうでなくたって構わない、せめて今だけは、私のそばにいてくれ。私を、そばにいさせてくれ、アイカ……。

「……はは。鬼ごっこか。ようし、負けないよ！　すぐに、すぐに捕まえてやるからなっ！」

「無理だよー、グリィになんか、ぜったい捕まえられっこないよーっ！　へへっ！」

「いったな、こいつめー！　はは、ははは、はははは……」

第六幕

Gray Colour

「ねえアイカ、見てよ、今日は星がとっても綺麗だよ」

「あたしとどっちが綺麗だと思う?」

「え?　そんな、そんな何も真顔で聞かなくても……」

「ぷーっ。グリィッたら照れてもくれないんだから。もういいよ」

「……ねえ、さっきから何をそう怒ってるんだよ。僕が何か悪いことしたかい？　アイカじゃあるまいし」

「……」

「……」

「別に。何でもないよ、怒ってるわけじゃないし」

「何でもない、か。まあいいよ、そういう時もあるんだろうさ」

「……」

「……」

「ねえ……？」

「ん？　なんだい今度は？」

「あの星たちを見てさ、グリィどう思う？」

「どう思う？　うーん、そりゃ、いつ見ても綺麗だなって。あ、いやアイカももちろんいつもかわ……」

「そういうんじゃないの。星たちを見て、寂しそうだなとか、辛そうだなとか、美しさ以外に星たちから感じること。そういうの」

「じゃあ、アイカはそんな風に感じているってことかい。僕は、……そうだね、僕も何だかあの必死で輝いてるような姿が寂しげに見えるよ」

「そうか……。星さんたちも大変だよね」

「え？　うん……」

「……」

「……」

「あの……さ。もしも、もしもだけど」

「え？　ああ、うん」

「その、もしもあたしがグリィの前からいなくなって、そのままもう会えなくなってしまうとしたら、グリィどう思う？　寂しい？　悲しい？」

「そんなの、もちろんだよ！　アイカがいなくなって、僕が悲しまないわけはないじゃないか！」

「本当？　本当にそう思う？」

「ああ、もちろんさ」

「そう、か。そうだよね、ゴメンね、変な質問しちゃったね」

「……」

「……」

「どうしたのアイカ？　何だかさっきから変だぞ。何で怒ってるんだ？　何でそんなことを僕に聞くんだ？　どうしたんだよ？」

「止めて、あたしをそんな風に責めないでよ」

「あ、ご、ごめん……」

「……」

「……」

「一人で、人が一人で生きていかなくちゃいけないんだとしたら、それってとても痛くて悲しいことだよね……」

「……」

「ごめんねグリィ。ごめんなさい……」

「……」

第七幕

Touching Views

螺旋を描き、視界に収まるぶれ、歪み、暗転そしてありのままへの回帰それら全ての能動性を失った、いやむしろそれら存在の存在の是非を問うことすら許されない私の渇き伸び切り潤滑な外部との接触を断ち切った心の奥底の生み出した、極度に静止した単色の画像の直中に、何もかもを巻き込み、貫き、向こうへ向こうへと伸びていこうとする強力なる物が、緩やかに、密やかに、到達点への短い天空旅行を進めている。歩み行く道がどれだけ儚い夢であるのかも知らず、ある一例として命と呼ばれる物への愛が、ある時点に於いて永劫断ち切られるのを知らず、舌なめずりをするのが克明であるのを認識する組織が形作られてすらいないのだと言いたげに、歪曲する曲線――それは零に至ることはない――は、幾つもの、何千万もの、時には何億もの実在、現象、形骸化された欲望、包含し得ない物質、ありきたりの刻印を押され時には不運にも絶叫の金切り声を上げながら破滅へと滑り落ちて行くだけのとある蒸気をも、意識に捉え得る最大と言い切れるだけの大きさを持たない巨大さを保った減速し入り乱れ続けるあまりにも種類の少ない色の中に、その内容量の異変に感づくこともなくたゆたわせている。あの時気づかず気づかずに観察を続けていたかったのだが時はすでに、私の居場所を透明な液状の内容のない球の中心に限定していた。泣いて懇願したが無駄だった。私の身体の穴という穴に踏み潰された枯れ草と良く似た幾つかのパターンが流れ込み、何処にあり得たとも知れぬ奇怪な貴族の建物のような良く構築された何らかが組み立てられて行き、混濁していた情報は理路整然と結合して、恐ろしく膨大なイメージを私の心に植えつけた。今でもそれは、私の心から取り除かれることはない。そして世界に投げ出された時、私は理解した。何もかもを含め全てが、飛翔していくのだと。

第八幕

White Twilight

「グリィ、おはよう、グリィ、起きて、グリィ、早く起きて。あたし言っておきたいことがあるの、グリィ、あたしの声が聞こえる、グリィ、あたしがいなくなってしまう前に、グリィ、あなたと話をさせて……」

声がする。確かに、アイカの声だ。

起きてくれと呼びかけている。だが、いくら自分に起きなくてはと呼びかけてみても、体がいうことを聞かず、目も開けることができず、ただ意識だけが確かな中で、私は横たわってい る。

「起きられない、起きてくれないのね、グリィ……」

待って、待ってくれアイカ。今、今すぐ起きるから、どこにも行っちゃ駄目だ、行かないでくれ、アイカ……。

「……きっとグリィ起きてない方がいいんだな、だってもし起きてたらグリィの目が涙で溢れ返っちゃうかもしれないもんね。うん、きっとこれで良いんだ」

誰か私を起こしてくれ、頼むから、誰か私を起こしてくれ。

「ふふふ、……可愛い寝顔。きっといい夢を見ているのね。あたしの夢かな。だといいな。寝ていてねグリィ。たとえ聞いてもらえなくても、私ちゃんと話をするから」

ああ、ちゃんと聞いてるよ、だから何処にも行かないでくれ。君の夢を見ていただけだなんて、そんなの嫌だよ……。

「何処から何処を話せばいいかな。全部を話してしまうのは、ちょっと悲しすぎる気がするものね。グリィ、ううんグリエル、私はもうあなたと一緒にいることはできません。もう、一緒にいられる時間が終わってしまったの。だからこれで、お別れです」

そんな、そんなのあんまり一方的すぎるじゃないか。今度の君のわがままは聞いてあげないぞ。やめてくれ、どこにも行かないでくれ、アイカ……。

「グリエル？　こんな話を聞いたことある？　植物はなぜさやさやと風に揺れるのか。それはね、ここで今生きていることが嬉しくてしょうがないから。植物はなぜ、その場にじっと佇んでいるのか。それは、生きている物たちの声に耳を傾けるため。周りの全ての物とじっくり対話するためだし、周りの全てを愛するためなの。そして植物はなぜキラキラと輝くのか。それは太陽のせいだけじゃないわ。生きている物たちの優しい気持ちが愛しいから、生きている物たちの思い出がとても美しいから、植物は輝くの。そして、植物はなぜそのどれもが枯れていくのか。それはね、生きている物たちの愛が消えてしまうから、生きている物たちの思い出が溶けていってしまうから、生きている物の心が、憎しみに支配されて行くから、悲しくて悲しくて植物は枯れるの。

……でも、それで全てが終わってしまうわけじゃないわ。そうして終わってしまっても、たとえ誰の記憶からも消えてしまっても、誰かが感じた喜びは、ちゃんと消えずに残っていくの。その先に、新しく生まれてくる物があるんだから、それがまた静かな喜びを紡いでいくんだから、愛しく思う気持ちを繋ぎ止めておくことができたなら、それで大丈夫、上手くやっていけるよ。

……あ、もう、お迎えが来ちゃったみたいだ。えへへ、信じらんないな、これでグリィと、ホントに、お別れなんだな。……グリィ、今までほんとにありがとう。今は静かに寝ていて。おやすみ、いままでわがままばっかりでごめんね」

いつだったか、その話はどこかで聞いた覚えがうろ覚えながら、私の片隅にある。誰かと手を繋いで、自然の匂いをかいで、明るい世界に心躍らせながら、優しい声でその話を聞かされた気がする。私のことを天使だと言って、暖かく包み込んでくれた人がいたことを、私は知っている。誰だかは、いったいいつのことなのか、何処でのことだったかは思い出せないが、ただ一つだけはっきりしていることがある。私もその人のことが大好きだということだ。

急速に視界のような映像が意識の中に流れ込んできた。初めに目についた物は、軽快なメロディーでも奏でているかのようにぱらぱらと舞い落ちてくる雪だった。そのひと粒ひと粒に、私とアイカのかけがえのない思い出が詰まっているように思える。落ちては積もっていく純白の雪。その白い景色の中に、雪に彩られ出した見事な大木がある。幾多の年月を経てきたその幹は、生命に充実していて力強い。

その木の陰に、若い男女が休んでいる。女性は幹に凭れながら、男性の頭を膝の上にのせて寝かせている。女性の顔は見えない。ただ、この時間が永遠に続いてくれればと願う気持ちは、その穏やかな物腰から伝わってくる。男性は、眠っているのではない。女性の顔を見透かすように、大木にほとんどを遮られた上空を見上げている。雪は何処から来るのだろうか。そんなことを思っているのかもしれない。暖かそうな色が、幾つもの葉の周囲にぼんやりと浮かび上がっている。腹の上に何の不服もないように合わせられていた手が、やがて上空の方へ、滑るように、無気力を根気へと変える過程のように、時折ためらいがちに減速しながらそれでも確実に伸び上がっていく。彼の視界の前に、その骨太の手が立ち塞がった時には、――この時初めて、男が私自身であることに気づいた――指のつけ根の部分から、爪先や、手首の周囲に至るまで、棘のような光が、針先をこちらに向けて付着していた。手は、構わず上方を目指していく。半狂乱のように震えるその手は、付着する光の針が、実際は氷の細かな柱であり、少しでも早くそれを解かして欲しいがために、天に向かっているのだでも言いたげだ。指の間から、葉の隙間から、一つの光の集団の存在は見て取れる。しかし、これは届くより先に、手が凍えて死んでしまうのだろう。あの光は、雪を生んだのだろうか。私は、その男となって考えた。届かないことがわかっているのに、天を目指し続ける手は、雪に埋もれていくように、静かに段々小さくなって、私の視界から消失していった……。

終曲

Before Moon

火をくべる男。その横に、
寒そうな目に期待を浮かべる女の、
白い光の揺らめく顔。

肉が焼かれる。
その肉を刺した棒を、握る
男の手、
柔らかくもなく、太くもなく。
棒を操る。

瞳に映る色。
明らかに緋の色のようであり、

元の姿に何があったのか。
飢えて凍えた孤独の色

それは一方で力強かったであろう。
いまは、
幸せの躍る、
静かな上質の橙色。

待ち焦がれる女の肩
寒さに震える
それとも愛しさゆえか。
下向き加減の視線
見ているものは
思い浮かべる情景なのか。

ふいに　よこぎる風。

女の
瞳の
雫の
流れ行く方向。
向けられた視線は、
反対の
空洞の
風穴の方へ。
怯えている。
瞳が悲しい。

相も変わらぬ男
だが、火は追い詰められたように、
揺らめき小さくなっている。

食いちぎられる
命の音。
命を繋いでいく
生産の証。

沈黙する
二人の間。
風はない
火は二人を染め上げる。

風が過ぎていく。

「……」

そちらに気取られるよりも前に、
火は役目を終えて尽きてしまった。
暗闇が、二人を支配し始めた。

「……?」

そう思いかけて
諦めかけて
うつむいた瞬間それと悟った。
光が……こぼれだしている。

外に急ぐ!
それを知らない
それを知るより前に
男が、女が、
外に立っていた。

「……！」
息を飲む
数刻。
そこに見たものは
知らなかったものは
二人を照らした光は
空に浮かんでいたものは
丸く美しい夜の太陽だった。

彼らを照らす光。
それは祝福の優しさ
誕生の喜び
始まりへの、賛歌だ。
生命の溢れる世界が、
その産声を上げたのだ。

終幕

天使

わたしのからだが、こおりついていく。ごちごち、かくじつに、しずかにこおりついていく。わたしのこころをとじこめていく。すべてのきもちをとめてしまおうとしている。きおくがおわっていく。せかいがとじられようとしている。わたしとよべるわたしがすべてきえてゆく。あるいてきたみちをふりかえってきた。とてもながくて、とてもおもいでぶかい、すべてをおもいだすことなどとてもできないわたしのみち。わたしがいきてきたきせき。それは、このばでようやくねしずまろうとしているのだ。

いまになってすこし、わたしのいきたみちをりかいできるようになってきた。わたしはずっとこごくだとおもっていた。だから、アイカをこごくにしてはいけない、ひたすらあいさなくてはいけないとおもっていた。だが、わたしははじめから、うえもだえなげきいたみをかんじなみだをちをながしながらもとめてきたあいにつつまれていたらしいじじつを、いまもってしった。いっしょだったんだ。はじめから、ずっといっしょだったんだね……。

……おとが、かぜの、わたしをつつむおと、が、がさがさ、した、ききなれない、ものに、かわっていく。……じめん、が、わたし、の、からだに、せつごうする。……そらのいろ、が、しろく、なめらかなもの、に、へんようする。……わたしが、いなくなって、いくからだと、はっきり、とわかる。

こわい、よ……。さみしい、よ……。だれ、も、そば、に、いて、くれない、よ……。ぼく、ひとり、は、いやだ、もう、ひとり、は、いやだ、だって、とても、とても、あれ、は、いたい、きぶん、だから……。

で、でも、ぼく、は、ひとり、でも、いき、て、い、く。な、ぜ、って、アイカ、と、やくそ、く、したん、だ、いえ、なか、った、け、ど、ひ、とり、でも、いき、て、いく、よ、って、あの、ひと、に、だっ、て、や、くそ、く、した、ん……ダ、ぼく……いき、て、いく、ヨって……。

アイカ…アイ…カ…ア…イ…カ…あ…か…あ……い……か。あ…あ…り………が…と……う。さ…よ……な……ら……。す…す…き……だ………て…す…な……お……に……い…え……な……く……て……ご………

Finale of the Song for the Rose and the Leaf

著者プロフィール

篠崎 彩人（しのさき あやと）

1980年12月3日生まれ。
千葉県船橋市出身。
レイクランド大学ジャパンキャンパス在学中。

Singalio Rou' Se lef

2002年8月15日　初版第1刷発行

著　者　篠崎 彩人
発行者　瓜谷 綱延
発行所　株式会社 文芸社
〒160-0022　東京都新宿区新宿1－10－1
電話　03-5369-3060（編集）
03-5369-2299（販売）
振替　00190-8-728265

印刷所　株式会社 平河工業社

ISBN4-8355-4131-6 C0093